诗话雅书

东坡诗话

一代文豪的诗性智慧

唯美插画版

彭民权 编著

长江出版传媒 崇文书局

图书在版编目（CIP）数据

东坡诗话 / 彭民权编著 . -- 武汉：崇文书局，
2018.2（2021.8 重印）
（诗话雅书）
ISBN 978-7-5403-4897-7

Ⅰ．①东… Ⅱ．①彭… Ⅲ．①诗话－中国－北宋
Ⅳ．① I207.22

中国版本图书馆 CIP 数据核字（2018）第 025960 号

东坡诗话

责任编辑	程　欣	
出版发行	长江出版传媒|崇文书局	
地　　址	武汉市雄楚大街 268 号 C 座 11 层	
电　　话	(027)87293001　邮政编码　430070	
印　　刷	湖北画中画印刷有限公司	
开　　本	880mm×1120mm　　1/32	
印　　张	5.75　　　　插　页　5	
字　　数	130 千	
版　　次	2018 年 2 月第 1 版	
印　　次	2021 年 8 月第 3 次印刷	
定　　价	29.80 元	

（如发现印装质量问题，影响阅读，请与承印厂调换）

前　言

一、苏轼的生平

公元 1037 年，中国文坛最伟大的文学家苏轼诞生。苏轼，字子瞻，号东坡居士，出生于眉州眉山（即今四川眉山）的一个书香世家。他的先祖是唐代的苏味道，父亲是"唐宋八大家"中的苏洵，也就是《三字经》中提到的"二十七，始发奋"的苏老泉。

苏洵最传奇的经历是他年少时只知游乐，不肯读书，一直到 25 岁才开始读书，27 岁开始发奋读书，在几年的时间里，将经典著作反复阅读，并抛弃原有的写作模式，有意模仿经典写作，最终形成自己独有的风格，成为一代名家。苏轼与其弟苏辙幼时即随父亲一起博览群书，为他们日后的写作打下坚实的基础。公元 1056 年，47 岁的苏洵带领 19 岁的苏轼和 17 岁的苏辙上京赶考。在京城中，苏洵认识了很多文人，并且去拜见了当时的文坛盟主欧阳修。欧阳修对苏洵的才华十分欣赏，特别写了推荐信，向朝廷推荐苏洵。苏洵因此名震京城。

1057 年，苏轼、苏辙同时参加会试，欧阳修正是这次会试的主考官。当时的文坛，流行晦涩难懂、盲目模拟古文的"太学体"，这种"太学体"主要在当时的太学流行，代表人物都在太学生中。因此，大家都以为，这次会试高中的应该是这些太学生。没想到，碰上了力图扭转文风的欧阳修。欧阳修也大力推进古文运动，但他推崇的古文是平易通畅的古文，而不是晦涩难懂、只是形式上像古文的文章。因此，这次会试，这些已经很有名气的太学生都名落孙山。反而是名不见经传的苏轼等人高中进士。进士榜单发布之后，京城沸沸扬扬，那些落榜的太学生纷纷走上街头，堵住了欧阳修的车驾，向他讨说法。但欧阳修不予理睬，依旧坚持自己的主张。北宋文风也因此扭转过来。而苏轼也因为欧阳修的赏识，名动京城。此时的苏轼年少成名，前途一片大好。

关于苏轼这次中进士、并高居第二名，其中还有不少故事。据说，本来苏轼应该是高中第一名。但这一次会试，有欧阳修的弟子曾巩参加。欧阳修在阅卷的时候，看见一篇文章，写得非常好，他十分满意，本来想立为头名，但他看这篇文章的文风很像曾巩，他以为这篇是曾巩的文章，为了避嫌，决定将这个作者排在第二名。没想到，这个人是苏轼，并不是曾巩。就这样，苏轼成为这届会试的第二名，与第一名失之交臂。《宋史·苏轼传》就采用了这种传说。当然，这个进士第二名在参加皇帝亲自主持的殿试的时候，并没有取得太好的名次，仅仅中了个乙科（也就是第二等）。

正当苏轼与其弟在京城如鱼得水，踌躇满志之时，噩耗传来，母亲去世，他们只好离开京城，回四川老家守孝。守孝三年期满，苏轼重回京城。公元1061年，苏轼授大理评事、签书凤翔府判官。凤翔府也就是今天的陕西凤翔。三年之后，苏轼回京。此时仁宗已经驾崩，英宗即位。英宗十分欣赏苏轼，想直接提拔他为翰林学士，但当时的宰相韩琦认为苏轼应该再锻炼下，因此就让他去直史馆任职。不久，苏轼妻子王弗病逝，接着父亲苏洵也病逝，苏轼不得不回故乡治丧。等到他再次回到京城的时候，赏识他的英宗已经驾崩，力图变法的神宗即位。神宗任命王安石实行变法。王安石的变法，虽然是应运而生，对宋朝意义重大。但王安石此人过于激进，推进新法过于急切，而且用人不当，变法并不顺利。王安石推进变法不遗余力，凡是反对变法的人都被赶出朝廷。苏轼也是极力反对变法的人，对新法中出现的弊病，屡次直言批评，多次惹怒王安石。在这种情况下，苏轼只好自请外放，先是做开封府推官，后来又去了更远的南方，先后任杭州通判以及密州、徐州、湖州知州。在地方任上，苏轼政绩显赫，深得民心。

即使远在南方，远离朝廷，但新党并没有放过苏轼。公元1079年，苏轼刚赴任湖州，御史李定等人就弹劾苏轼作诗讪谤朝廷，苏轼被逮捕入狱，差点被处死。这就是历史上著名的"乌台诗案"。幸好宋太祖有不杀士大夫之祖训，神宗也爱怜苏轼之才，因而将其贬为黄州团练副使。迫于生计，苏轼带领家人在城东开垦了一块地，自耕自种，因此自号"东坡居士"。东坡居士的名号也就是这个时期开始传出。公元 1084 年，苏轼离开黄州远赴汝州上任。由于路途遥远，加之饥寒交迫，苏轼便上书请求不赴汝州，改往常州。苏轼刚到常州，神宗皇帝驾崩，哲宗即位。

新皇帝即位，旧党势力重新起用，司马光任当朝宰相。苏轼屡遭王安石等新党打击，自然被视为旧党，加之其与司马光私交不错，因而很快被召回京。哲宗即位初年，苏轼以礼部郎中被召还朝，不久迁起居舍人。公元 1086 年，苏轼升为中书舍人，不久升为翰林学士、知制诰。不过，虽然受到重用，苏轼对当政者打击新党及尽废新法的做法也很不满，为当朝不容，因而于公元 1089 年自请外放，拜龙图阁学士、知杭州。在杭州，苏轼修建了著名的西湖苏堤。元祐六年，苏轼被召还朝，任翰林承旨，不久就因谗言自请外放，以龙图阁学士出知颍州。次年，徙知扬州。元祐八年，新党再次执政，苏轼被目为旧党，再次被贬宁远军节度副使、惠州安置。徽宗皇帝即位，苏轼先后调任廉州安置、舒州团练副使、永州安置。公元 1101 年，宋徽宗大赦天下，苏轼复任朝奉郎，回京途中，卒于常州，享年六十六岁。

苏轼的人生起起伏伏，政治上并不得志。这跟他的性格是密切相关的。由于苏轼名声太盛，作品流传太广，加上他为人喜欢直言不忌，在诗文作品中又喜好发议论，得罪的人不少，因此苏轼一生仕途坎坷。他曾经自嘲道：

东坡一日退朝，食罢。扪腹徐行，顾谓侍
儿曰："汝辈且道是中有何物?"一婢遽曰："都
是文章。"坡不以为然。又一人曰："满腹都是
见识。"坡亦未以为当。至朝云，乃曰："学士
一肚皮不入时宜。"坡捧腹大笑。

这个故事很有名，在多个诗话中都有记载。苏
轼有一天退朝之后，吃多了，摸着肚子在家里慢慢
走。一边走，一边跟家里的人开玩笑。他问道："你
们说说我肚子里有什么?"有一个婢女说："里面都
是文章。"另一个说："里面都是见识。"苏轼都说不
对。到了他的姜王朝云，就说："你满肚子都是不合
时宜。"苏轼深以为然，捧腹大笑。从这个故事就足
以看出苏轼的性格。正是因为这种不合时宜，也造
成了苏轼既不是新党也不是旧党，遭到新党和旧党
的排挤，仕途起伏坎坷。

二、苏轼的诗话

在宋代，出现一种新的文学样式——诗话。诗
话是专门论诗的作品，其内容涉及广泛，包括作诗
的背景、作者的故事、诗歌的艺术特点以及对诗歌
优劣的评价。

中国文学史上，第一部以"诗话"命名的著作
是欧阳修的《六一诗话》。这也是宋代诗话的源头，
开了后代诗话的先河。诗话这种文体，与一般的诗
歌评论大不相同。诗话对诗人的评价更多关注时代

背景、逸闻故事，记载的内容庞杂丰富，涉及到方方面面。实际上，宋代的诗话更像是笔记，记载了与诗相关的种种内容。比如宋初诗坛流行学习白居易的诗歌，这种诗风被称"白体"。欧阳修《六一诗话》就记载了这样一个有趣的故事，来讽刺"白体"诗风：

> 仁宗朝，有数达官以诗知名，常慕"白乐天体"，故其语多得于容易。尝有一联云："有禄肥妻子，无恩及吏民。"有戏之者云："昨日通衢遇一辎軿车，载极重，而羸牛甚苦，岂非足下'肥妻子'乎?"闻者传以为笑。

这是典型的闲谈式笔法，也是诗话中常见的叙述模式。宋仁宗时，有一些高官仰慕白居易，作诗喜欢模仿白居易平淡的诗风。这种模仿并没有学到白居易的精髓，反而只知道用一些很简单的语句来写诗。其中有一个作者写了一首诗，其中有这样的句子："俸禄肥了妻子儿女，但对下属及百姓却刻薄寡恩。"有人因此嘲笑他说："昨天在街上碰到一辆牛车，车上的东西太重，牛太瘦很辛苦，这不就是你所说的'肥妻子'么?"听到的人都大笑。欧阳修记载这个故事，表面戏谑，实际上是对白体诗风的讽刺。诗话中这种戏谑嘲笑、文人雅趣等故事比比皆是。当然，除了这些故事外，对诗人、诗歌的严肃点评也是诗话中常见的内容。

欧阳修之后，这种闲谈笔记式的诗话文体逐渐流行。因为这种文体轻松有趣，很多文人都有诗话作品。甚至一些不知名的文人也因为诗话作品，在后代名声大振。《岁寒堂诗话》《沧浪诗话》等，就是其中的代表。然而，身为宋代文学的巅峰作家，苏轼却没有诗话作品流传。虽然据《宋史》记载，苏轼也有诗话一卷，但没有流传下来。《文献通考》记载苏轼有诗话两卷，《四库全书》记载元人陈秀民编的《东坡诗话》三卷，但这些都不是苏轼原作，大部分都是将苏轼文集中的一些论诗之作尤其是苏轼题跋编纂在一起，只是冠名为"东坡诗话"。

苏轼是中国古代最杰出的文学家，也是北宋著名的书画家。他一生著述丰富，有《东坡集》四十卷、《后集》二十卷、《奏议》十五卷、《内制》十卷、《外制》三卷、《和陶诗》四卷。虽然没有明确以"诗话"命名的集子，但苏轼文集内涵丰富，很多作品都有对诗人、诗歌创作等的评价、论述，完全可以编成一部《东坡诗话》。后人编的《东坡诗话》都是这样，将苏轼论诗的文章编成一册。

本书主要以今天通行的《苏轼文集》《三苏全集》《东坡题跋》《东坡志林》等为底本，参考《四库全书》所载的《东坡诗话》，将苏轼论述诗歌、诗人、文学创作等的诗文编成一册，并加以注释、翻译和品读。虽然由于篇幅的原因，苏轼的很多经典文本没有纳入本书，纳入本书的很多文本也是节选，但本书收录的诸多文本，也足以看出苏轼的诗学观念，希望对今天的文学爱好者有所助益。

目　录

上编　东坡笔记

书杨朴事

　　昔年过洛，见李公简云：真宗东封还①，访天下隐者，得杞人杨朴②，能诗。及召对③，自言不能。上问：临行有人作诗送卿否？朴言：惟臣妾有一首云：更休落魄耽杯酒，且莫猖狂爱咏诗。今日捉将官里去，这回断送老头皮④。上大笑，放还山。余在湖州，坐作诗追赴诏狱⑤，妻子送余出门，皆哭。无以语之，顾语妻曰："子独不能如杨处士妻作一诗送我乎？"⑥妻不觉失笑，予乃出。

注释

　　① 东封还：封泰山归来。

　　② 杞：地名，今河南省杞县。杨朴：北宋诗人，著有《东里集》。

　　③ 召对：君主要求臣下回答有关问题。这里是指真宗要求杨朴以诗歌应对。

　　④ 断送老头皮：意为掉脑袋。

　　⑤ 坐作诗追赴诏狱：因为作诗被抓进天牢。坐：因为某种原因被定罪。诏狱：奉皇帝命令拘押犯人的监狱。

　　⑥ 独：难道。处士：隐士。

译文

以前经过洛阳，见到李公简，他讲了一个故事："宋真宗封禅泰山以后，遍寻天下隐士，得知杞地人杨朴能作诗。皇上把他召来问话的时候，他自己说不会作诗。皇上问：'你要来的时候有人作诗送给你吗?'杨朴说：'只有臣的妻子作了一首诗：'更休落魄耽杯酒，且莫猖狂爱咏诗。今日捉将官里去，这回断送老头皮。'皇上大笑，放他回家。"我在湖州的时候，因为作诗被逮捕入天牢，妻子和儿女送我出门，都大哭。我没有话说，只好回头对妻子说："你难道不能像杨朴的妻子一样，也作一首诗送给我?"妻子破涕为笑，我才从家里出来。

品读

北宋年间，新县（今新郑市）出了一位平民诗人，此人好学善诗，淡泊名利。其性格有些怪僻，行为有些另类，但生活过得逍遥自在，有滋有味。他就是"草根诗人"杨朴，自称"东里野民"。

"更休落魄耽杯酒，且莫猖狂爱咏诗。今日捉将官里去，这回断送老头皮。"——做官是这么可怕！跟断头台都拉扯上了。这首打油诗俏皮逗乐、妙趣横生，被后世津津乐道。

而苏轼被官差押解起行前提起这首诗，是满怀辛酸的。可苏轼"是个无可救药的乐天派"（林语堂语），此则诗话可见，他的豪放真如"大江东去"一般，气势不凡。他的苏式幽默是一种情趣，一种才华，也是一种力量。

记游庐山

仆初入庐山，山谷奇秀，平生所未见，殆应接不暇，遂发意不欲作诗。已而，见山中僧俗，皆云："苏子瞻来矣！"不觉作一绝云："芒鞋青竹杖，自挂百钱游。可怪深山里，人人识故侯。"既自哂前言之谬，又复作两绝云："青山若无素，偃蹇不相亲①。要识庐山面，他年是故人。"又云："自昔忆清赏，神游杳霭间②。如今不是梦，真个在庐山。"③是日，有以陈令举《庐山记》见寄者④，且行且读，见其中云徐凝、李白之诗⑤，不觉失笑。旋入开元寺，主僧求诗，因作一绝云："帝遣银河一派垂，古来惟有谪仙辞。飞流溅沫知多少，不与徐凝洗恶诗。"⑥往来山南北十余日，以为胜绝不可胜谈。择其尤者莫如漱玉亭、三峡桥，故作此二诗。最后与总老同游西林⑦，又作一绝云："横看成岭侧成峰，到处看山了不同。不识庐山真面目，只缘身在此山中。"⑧余庐山诗尽于此矣。

注释

① 偃蹇：高耸的样子。

② 杳霭：深远的云气。

③ 此三首诗即是苏轼《初入庐山三首》。

④ 陈令举：陈舜俞，字令举，号白牛居士，乌程（今浙江吴兴）人，宋仁宗庆历六年（1046）进士，曾参与编纂《资治通鉴》。

⑤ 徐凝：唐代诗人，存诗102首。

⑥ 此诗名为《戏徐凝瀑布诗》。

⑦ 西林：即西林寺。

⑧ 此诗名为《题西林壁》。诗中的"到处看山了不同"，现在通行的本子为"远近高低各不同"。

译文

我刚到庐山，山谷奇特秀丽，平生没有见过，眼睛几乎看不过来，就决心不写诗。不久，听到山中的和尚和游客都说"苏东坡来了"，不由自主地写了一首绝句："芒鞋青竹杖，自挂百钱游。可怪深山里，人人识故侯。"后来又后悔开始所说的话错了，又写了两首绝句。一首是："青山若无素，偃蹇不相亲。要识庐山面，他年是故人。"另一首是："自昔忆清赏，神游杳霭间。如今不是梦，真个在庐山。"这一天，有人把陈令举的《庐山记》寄给我，我边走边读，见里面谈徐凝、李白的诗，忍不住笑了起来。不久来到开元寺，主持向我求诗，因此作了一首绝句："帝遣银河一派垂，古来惟有谪仙辞。飞流溅沫知多少，不为徐凝洗恶诗。"山南山北游览了十多天，觉得庐山风景名胜的绝妙不能说尽。要说其中最突出的莫过于漱玉亭、三峡桥，因此又写了关于这两处的两首诗。最后和总老一起游西林寺时写了一首绝句："横看成岭侧成峰，到处看山了不同。不识庐山真面目，只缘身在此山中。"
我在庐山写的诗就这些了。

品读

苏轼为黄州团练副使的任期结束，又被贬赴汝州任团练副使，路途中经过九江，游览庐山，写下了不少脍炙人口的诗篇。此时的苏轼已经是名满天下，因此游览庐山的时候，无论是出家的僧人还是游客，都能认出苏轼来。苏轼因诗获罪，差点身死狱中，因此，他下定决心不再写诗。但一路行来，所有人都在呼喊"苏轼来了"，令他感慨万千，终于提笔写了一首诗。后来反思自己的态度，又写了两首。庐山冠绝天下的美景彻底打动了他，苏轼在庐山的十多天里又连续写了好几首诗。其中，《题西林壁》成为苏轼的庐山诗中最为天下人所知的名篇。"横看成岭侧成峰，到处看山了不同。不识庐山真面目，只缘身在此山中。"诗中不仅有对庐山景物的描写，还有从各个角度游览的感受，虽然语言通俗浅白，但其中蕴含的哲理，却意味深远。如果不是经历了人生的大起大落，面临过生死的考验，这种深邃的哲理体验是很难达到的。

忆王子立

　　仆在徐州，王子立、子敏皆馆于官舍①，而蜀人张师厚来过②，二王方年少，吹洞箫饮酒杏花下。明年，余谪黄州，对月独饮，尝有诗云："去年花落在徐州，对月酣歌美清夜。今日黄州见花发，小院闭门风露下。"③盖忆与二王饮时也。张师厚久已死，今年子立复为古人④，哀哉！

注释

　　① 馆于官舍：住宿于官驿中。馆：住宿。

　　② 过：拜访。

　　③ "尝有诗云"句：诗句出自苏轼诗《次韵前篇》。

　　④ 今年子立复为古人：今年子立又去世了。古人：这里指过世之人。

译文

　　我在徐州，王子立、子敏都住在官驿中，恰逢蜀人张师厚来拜访我。王子立、子敏当时正年轻，吹着洞箫在杏花下饮酒。第二年，我被贬到黄州，对月独饮，曾写诗说："去年花落在徐州，对月酣歌美清夜。今日黄州见花发，小院闭门风露下。"这是回忆与两位王姓少年饮酒的时光。张师厚已经去世很久了，今年子立也作古，哀哉！

品读

这段文字读来令人备觉凄凉，三段时光，三种人生。在徐州时，与王子立、子敏和张师厚欢聚，杏花树下饮酒，二王正当青春年少，吹箫作乐，好一段美好时光。而次年东坡被贬黄州，就只有对月独饮了，小院风露，备感寂寞，作诗回忆。然而今年更苦，张师厚早已作古，当年青春年少的王子立也告别人世，岂不哀哉！人生无常，生命短暂，月亮见证了人间多少悲欢离合，我们每个人不都会有这样的感慨吗？

广 武 叹

昔先友史经臣彦辅谓余①："阮籍登广武而叹曰②：'时无英雄，使竖子成其名！'岂谓沛公竖子乎？"余曰："非也，伤时无刘、项也，竖子指魏、晋间人耳。"其后余闻润州甘露寺有孔明、孙权、梁武、李德裕之遗迹③，余感之赋诗，其略曰："四雄皆龙虎，遗迹俨未刬。方其盛壮时，争夺肯少安！废兴属造化，迁逝谁控抟？况彼妄庸子，而欲事所难。聊兴广武叹，不得雍门弹。"④则犹此意也。今日读李太白《登古战场》诗云："沈湎呼竖子，狂言非至公。"⑤乃知太白亦误认嗣宗语⑥，与先友之意无异也。嗣宗虽放荡，本有意于世，以魏、晋间多故，故一放于酒，何至以沛公为竖子乎？

注释

① 昔先友史经臣彦辅谓余：以前故友史经臣对我说。先友：故去之友。史经臣彦辅：史经臣，字彦辅，与苏轼为同乡

好友。

② 阮籍登广武而叹曰句：典故出自《三国志·阮籍传》。

③ 润州：州名，今江苏镇江。梁武：即梁武帝萧衍。

④ 诗句出自苏轼诗《甘露寺》。

⑤ 李白《登广武古战场怀古》：

秦鹿奔野草，逐之若飞蓬。项王气盖世，紫电明双瞳。

呼吸八千人，横行起江东。赤精斩白帝，叱咤入关中。

两龙不并跃，五纬与天同。楚灭无英图，汉兴有成功。

按剑清八极，归酣歌大风。伊昔临广武，连兵决雌雄。

分我一杯羹，太皇乃汝翁。战争有古迹，壁垒颓层穹。

翔云列晓阵，杀气赫长虹。拨乱属豪圣，俗儒安可通。

沈湎呼竖子，狂言非至公。抚掌黄河曲，嗤嗤阮嗣宗。

⑥ 嗣宗：阮籍，字嗣宗。

译文

以前故友史经臣对我说："阮籍登上广武后叹息说：'当时没有英雄，才使得那个小子成就英雄之名。'难道不是说刘邦那个小子么？"我说："不是。阮籍是感叹当时没有刘邦、项羽那样的英雄。小子，指的是魏、晋之间的人。"那之后，我听说润州甘露寺有孔明、孙权、梁武帝、李德裕的遗迹，因此有感写了一首诗，诗的大概是："四雄皆龙虎，遗迹俨未刊。方其盛壮时，争夺肯少安！废兴属造化，迁逝谁控抟？况彼妄庸子，而欲事所难。聊兴广武叹，不得雍门弹。"就是这个意思。今天读李太白的《登广武古战场怀古》，诗中说："沈湎呼竖子，狂言非至公。"才知道李白也误解了阮籍的意思，跟我的故友史经臣一样。阮籍虽然放荡，但他本来就想有所作为，只是因为魏晋时期战祸连连，才放浪于酒，怎么会狂妄到称呼刘邦为小子呢？

品读

苏轼对魏晋南北朝不少文人的理解都别具慧眼。在魏晋南北朝人中，苏轼最欣赏陶渊明，对阮籍也有独到的认识。阮籍身为"竹林七贤"之一，后人对他的认识大多不超出《世说新语》的记载。在《世说新语》里，阮籍放浪形骸，潇洒不羁，他对喜欢的人就"青眼有加"，对不喜欢的人就翻白眼。今天的"青眼有加"一词就是出自阮籍的故事。而根据史料记载，翻白眼这样的传统，也应该是自阮籍开始的。即使是今天的文学史，对阮籍的评价也大多是从其放浪不羁的角度来阐释，但苏轼对阮籍的评价不同。他很理解阮籍，在他看来，阮籍本来是想要建功立业，有一番作为的，但恰逢乱世，无法施展才华，只能放浪形骸，以嗜酒来掩盖曾经的雄心。正是基于这样的认识，他才认为《三国志》里记载阮籍在广武所发的议论并非是对刘邦而言，因为阮籍显然是有见识的人，知道刘邦、项羽都是乱世枭雄，不可轻侮。

苏轼的这种见识，与李白等人都是截然不同的，足见他不是一个随波逐流、人云亦云的人，对历史有自己的判断和认识。这种理解与认识，也导致他在很多诗歌中，对历史直抒胸臆，诗歌中的议论色彩浓厚。喜欢在诗中发议论，也是宋代诗歌的一大特色。

记梦参寥茶诗

昨夜梦参寥师携一轴诗见过①，觉而记其《饮茶诗》两句云："寒食清明都过了，石泉槐火一时新②。"梦中问："火固新矣，泉何故新？"答曰："俗以清明淘井。"当续成诗，以记其事。

注释

① 参寥：宋僧道潜，俗姓何氏，自号参寥，人称参寥子，杭州于潜（今浙江临安）人。苏轼好友。参寥善写诗，苏轼作有多首诗词送给他，如《八声甘州·寄参寥子》。

② 槐火：以槐树枝燃成的柴火。

译文

昨晚梦见参寥师父携一轴诗来见我。早上醒来的时候，还记得其中《饮茶诗》的两句："寒食清明都过了，石泉槐火一时新。"在梦中，我问道："柴火是新的可以理解，为什么泉水也是新的呢？"参寥师回答道："按照风俗，清明节的时候都会淘井，泉水自然是新的。"应当把这首梦中的诗续全，把梦中这事记下来。

品读

苏东坡在熙宁四年至七年（1071—1074）任杭

州通判时，与参寥的友情非常深厚。两人最喜欢品茶论诗。元丰六年（1083）三月，参寥自杭州不远千里来黄州看望苏轼，老朋友见面，悲喜交集，苏轼将其安排在雪堂与巢谷一起居住。他们一起吟诗作文，一起观赏山水景色。

一天，苏轼与他踏青归来，很是尽兴，幽然入梦，见参寥手携一轴诗自雪堂而来。苏轼从梦中醒来，对参寥《饮茶》一诗中的两句记得非常清楚，也记得在梦中还对诗中的"寒食清明都过了，石泉槐火一时新"提出质疑。根据这一梦中问答，苏轼作了《记梦参寥茶诗》短文一篇。

九年后，元祐四年（1089），苏东坡知杭州，此时，参寥卜居孤山的智果精舍。东坡在寒食节那天去拜访他，只见智果精舍下有一泉水从石缝间汨汨流出，是刚刚凿石而得的。泉水清澈甘冽，参寥便撷新茶，钻火煮泉，招待苏东坡。此情此景，不由得使苏东坡又想起了九年前的梦境及诗句。感慨之下，苏东坡作了一首《参廖泉铭》：

> 在天雨露，在地江湖。
> 皆我四大，滋相所濡。
> 伟哉参寥，弹指八极。
> 退守斯泉，一谦四益。
> 余晚闻道，梦幻是身。
> 真即是梦，梦即是真。
> 石泉槐火，九年而信。
> 夫求何神，实弊汝神。

看来梦与真实的边界有时真的是很模糊的。

记子由梦

元丰八年正月旦日，子由梦李士宁①，草草为具②，梦中赠一绝句云："先生惠然肯见客，旋买鸡豚旋烹炙。人间饮酒未须嫌，归去蓬莱却无吃。"③明年闰二月六日为予道之，书以遗过子④。

注释

① 李士宁：四川人，嘉祐三年（1058）为蜀守，与王安石交往密切，也与苏轼兄弟、欧阳修等人有来往。

② 草草为具：匆匆写就。

③ 此诗即为苏辙的《正旦夜梦李士宁过我谈说神怪久之草草为具仍以一小诗赠之》。

④ 书以遗过子：把这首诗书写下来送给苏过。遗：赠送。过子：苏轼儿子苏过。

译文

元丰八年正月的一天，苏辙梦见了李士宁匆匆给他写了一个便条，因此在梦中回赠了一首诗："先生惠然肯见客，旋买鸡豚旋烹炙。人间饮酒未须嫌，归去蓬莱却无吃。"第二年的二月六日，苏辙给我说了这个梦，我因此将这首诗书写下来送给了苏过。

品读

常说"人生如梦"的苏轼是个爱做梦的人，"梦"在他诗文中出现过多次。苏轼、苏辙两兄弟不愧为并列"唐宋八大家"之中的文学家，创作习惯都惊人的相似，都习惯在梦中作诗。苏辙这首诗将李士宁的好客书写得淋漓尽致。同时，这首诗也颇有怀念旧友的韵味。

李士宁在《宋史》中无传，事迹不多。从史料记载来看，此人在嘉祐三年（1058）为蜀守，应该是在这一段时间，与苏轼兄弟相识。李士宁擅长养生之道，也善占卜，与王安石交往密切，经常出入王府。熙宁八年，李士宁被流放永州，后来生死不知。苏辙梦见李士宁并作诗，是在元丰八年（1085），此时李士宁已经流放多年，因此这一事情颇有托梦之嫌。

"先生惠然肯见客，旋买鸡豚旋烹炙。人间饮酒未须嫌，归去蓬莱却无吃。"苏辙说人间的鸡鸭鱼肉在仙境里吃不到，那那边吃什么呢？应该是喝点风吸点露水罢了。看来，还是人间好，人间虽苦有酒肉，仙境再美无饭吃。这大梦一场饭局，还从中悟出哲理来了。

此则诗话是苏轼兄弟二人思想感情交流的一段佳话，苏轼写这么一段内容赠给儿子，有点自嘲的意味在其中。

记游松风亭①

余尝寓居惠州嘉祐寺②，纵步松风亭下③。足力疲乏，思欲就亭止息。望亭宇尚在木末④，意谓是如何得到⑤？良久，忽曰："此间有甚么歇不得处？"由是如挂钩之鱼，忽得解脱。若人悟此，虽兵阵相接，鼓声如雷霆，进则死敌⑥，退则死法⑦，当甚么时也不妨熟歇⑧。

注释

① 松风亭：在今广东省惠州市东弥陀寺后山岭上。据《舆地纪胜》记载，松风亭上植松二十余种，清风徐来，松声如涛，是当时的游览胜地。

② 余尝寓居惠州嘉祐寺：我曾经寄居在惠州嘉祐寺。尝：曾经。寓居：寄居，借住。惠州：今广东惠州。

③ 纵步：放开脚步。

④ 木末：树梢。

⑤ 意谓：心里说。

⑥ 死敌：死于敌手。

⑦ 死法：死于军法。

⑧ 熟歇：好好地休息一番。甚么：如此，这样。

译文

我曾经借住在惠州嘉祐寺。一天，在松风亭附近散步，脚力疲乏，想到亭子里休息，却看见松风亭的屋檐还在树梢处，心里想，什么时候才能走到啊？后来转念又一想，说："这里为什么就不能休息呢？"于是就好比上钩的鱼儿，忽然得到了解脱。如果人能悟到这一点，即使在短兵相接的战场上，战鼓声就像雷声轰鸣，冲上去就要死于敌人之手，退回来就要死于军法，这时，不妨好好休息一下。

品读

宋哲宗绍圣元年（1094）十月，时章敦为相，苏轼知定州，谪知英州，未到任即再贬宁远军节度副使、惠州安置。他被安置在破庙嘉祐寺居住，嘉祐寺的环境显然不那么尽人意，他在《和陶移居二首》诗中写道："昔我初来时，水东有幽宅。晨与鸦雀朝，暮与牛羊夕。"而在《闻正辅表兄将至以诗迎之》中更是抱怨"暮雨侵重腿""夜枕闻鹌鹑"，周围潮湿的环境让他脚肿，夜里睡觉还常常听到猫头鹰的叫声。政治打击接踵而来，然而他仍怀着极高的兴致游览了松风亭。

此文虽短，但读来理趣盎然。作者身心疲惫，想去松风亭休息，却发现松风亭太远，短时间根本不能到达。可转念一想，为什么一定要去松风亭休息呢？要想休息，随时都可以停在路边休息。告诉我们，为人不可太执着，要学会放弃，随遇而安。远大的理想和目标，虽然能够激起人的斗志，但遥遥无期的理想和目标，只会让人忽视身边的风景。人应该经常停下来休息，欣赏身边的美好，把握当下。

墙里秋千墙外道。

墙外行人，墙里佳人笑。

笑渐不闻声渐悄。

多情却被无情恼。

苏轼（宋） 蝶恋花·春景

儋耳夜书

己卯上元①，余在儋耳②。有老书生数人来过，曰："良月佳夜，先生能一出乎？"予欣然从之。步城西，入僧舍，历小巷，民夷杂揉③，屠酤纷然④，归舍已三鼓矣⑤。舍中掩关熟寝⑥，已再鼾矣。放杖而笑，孰为得失？问先生何笑，盖自笑也。然亦笑韩退之，钓鱼无得，更欲远去，不知钓者未必得大鱼也⑦。

注释

① 己卯上元：宋哲宗元符二年（1099）正月十五。上元：上元节，也就是元宵节。

② 儋耳：今海南省儋州。

③ 民夷杂揉：汉族与少数民族杂居在一起。

④ 屠酤纷然：屠户、卖酒的小贩众多。酤：卖酒者。

⑤ 三鼓：三更，即半夜。

⑥ 掩关：关门。

⑦ "然亦笑韩退之"句：韩愈曾写诗述其钓不着大鱼，埋怨水太浅，要另觅垂钓佳处，暗指自己境遇不好，不得志。韩愈诗句见《赠侯喜》："君欲钓鱼须远去，大鱼岂肯居沮洳。"

译文

己卯年元宵节，我当时在儋州，有几个老书生来拜访我，说:"这么好的月夜,先生能不能出去游玩一趟?"我高兴地答应了。去城西,经过寺庙,走小巷,看到汉人与少数民族混杂,各种店铺商贩很多,回到住处已经半夜了。家里人都关门熟睡,已经一觉醒来又睡去了。我放下拐杖大笑,心里想,谁有所得谁有所失?老书生们问我为什么笑,大概是自己笑自己吧。但是也笑韩愈钓不上鱼来,就打算到更远的地方去。其实其不知道凡是钓鱼的人,未必都能钓得上来大鱼。

品读

公元 1097 年,苏轼被贬海南儋州。年龄越来越大,官却越做越小,贬谪也越走越远。宋朝的海南是荒蛮偏僻之地,甚至还不能与苏轼因"乌台诗案"被贬的黄州相比,他来到这里过的是远谪流放的生活,想来心中应该有很多的忧愤怨恨。但恰恰相反,此时苏轼躁动的心已经平静下来,他与几个可能同是被远谪流放的老年书生交往,与市井之中杀猪卖酒之人交往,与僧侣夷人交往,并于上元佳节游乐儋州市井,享受欢灯赏月之乐,这是何等悠然闲适的心境?

本篇写于他被贬的第三年。这一年的元宵节,苏轼与几个老书生去逛街,回来的时候却发现进不了门。于是,苏轼笑了。他从自己的经历中悟出一个道理:有得必有失,得失之间是自然转化的,不必太在乎得失。这是苏轼几十年人生经验的总结,也是他多次被贬后形成的超脱心态。本则诗话,苏轼还对韩愈表示了嘲弄。韩愈在水浅的地方钓鱼,结果没有钓到鱼,所以想转到水深的地方去。在他看来，大鱼怎么会游到浅水里来呢？苏轼则认为，韩愈得失之心太重。谁都知道，钓鱼本身就是靠运气，并不是每一个钓鱼的人都能钓到大鱼。人生短暂，世事沧桑，人不能过于勉强自己，拥有一颗平常心，拥有一种淡泊的情怀，不在乎得失，才能做到怡然自得。

退之平生多得谤誉^①

退之诗云："我生之辰，月宿南斗。"^②乃知退之磨蝎为身宫^③，而仆乃以磨蝎为命^④，平生多得谤誉，殆是同病也。

注释

① 谤誉：诽谤、非议。

② "退之诗云"句：韩愈此诗出自其《三星行》。全诗为："我生之辰，月宿南斗。牛奋其角，箕张其口。牛不见服箱，斗不挹酒浆。箕独有神灵，无时停簸扬。无善名已闻，无恶声已谨。名声相乘除，得少失有馀。三星各在天，什伍东西陈。嗟汝牛与斗，汝独不能神。"南斗，星名。即斗宿，有星六颗。在北斗星以南，形似斗，故名。

③ 乃知退之磨蝎为身宫：才知韩愈以磨蝎为生辰。磨蝎：星宿名，十二宫之一。旧时星象家认为，身、命居此宫者，常多磨难。

④ 而仆乃以磨蝎为命：而我是以磨蝎为立命之宫。

译文

韩愈的诗《三星行》中说："我生之辰，月宿南斗。"才知道韩愈是以磨蝎为生辰，而我是以磨蝎为立命之宫，平生多被非议，大概我们俩是同病相怜。

品读

苏轼在多篇诗文中透露，他和韩愈的星座相同，都是磨蝎座。在古代，磨蝎座是一个不好的星座，处于这个星座的人，必然是厄运连连，无辜即遭诽谤。在苏轼看来，他和韩愈的遭遇充分证明了这个星座的不祥。韩愈性情耿直，多次触怒权贵甚至皇帝，因此多次被诬陷和被贬谪。相比韩愈，苏轼的遭遇更惨，官位比不上韩愈，却多次被贬到偏远之地，甚至身陷囹圄，差点被杀。苏轼将自己和韩愈的悲惨遭遇归咎于星座，认为人的命运是天定的，显然也是开脱之辞。看来古人与今人一样，都相信星座与人的性格、命运相联。

体会苏轼作此文时的心境，不觉有些心酸。人只有在失意挫败时，才会去思考探究那些命运的根源。苏轼就是这样，相信命运，却仍然我行我素地乐观地生活着。

买田求归

  浮玉老师元公^①，欲为吾买田京口^②，要与浮玉之田相近者，此意殆不可忘。吾昔有诗云："江山如此不归山，江神见怪惊我顽。我谢江神岂得已，有田不归如江水！"^③今有田矣不归，无乃食言于神也耶？

注释

  ① 浮玉老师元公：即佛印禅师。
  ② 京口：今属江苏镇江市。
  ③ 吾昔有诗云句：诗句出自苏轼的《游金山寺》。

译文

  佛印禅师想为我在京口买块地，要跟他的田挨着。他的心意真不能忘。我以前在《游金山寺》中写道："江山如此不归山，江神见怪惊我顽。我谢江神岂得已，有田不归如江水！"现在有田地了，人却没有归隐，难道不是对神食言么？

品读

  苏轼一直念念不忘买田，在其诗文中一直渴望归田。"闲里有深趣，常忧儿辈知。已成归蜀计，谁借买山资。"（《答任师中次韵》）"何日扬雄一廛足，却追范蠡五湖中。"（《和欧阳少师寄赵少师次韵》）"恨无负郭田二顷，空有载行书五车。"（《送乔施州》）"不如归去，二顷良田无觅处。归去来兮，待有良田是几时。"（《减字木兰花·送东武令赵晦之》）然而归田是他无法实现的人生理想。

他在《游金山寺》一诗中对着江神发誓，以后如果买了田地就归隐。然而后来，佛印禅师在京口给苏轼买了块地，他却没有归隐，一纸任命又将他的愿望破灭。可见苏轼在面临出仕还是入仕的矛盾时，还是受到了外界的影响，不能随心所欲地做自己的事情。苏东坡毕竟学不了陶渊明。

归田是苏轼对人生自由的渴望，是他的解脱、挣扎与寻求。"苏轼的一生并未退隐，也从未真正'归田'，但他通过诗文所表达出来的那种人生空漠之感，却比前人任何口头上或事实上的'退隐'、'归田'、'遁世'要更深刻更沉重。"（李泽厚语）

记苏佛儿语

元符三年八月，余在合浦①，有老人苏佛儿来访，年八十二，不饮酒食肉，两目烂然②，盖童子也。自言十二岁斋居修行，无妻子。有兄弟三人，皆持戒念道③，长者九十二，次者九十。与论生死事，颇有所知。居州城东南六七里。佛儿尝卖菜之东城，见老人言："即心是佛，不在断肉。"余言："勿作此念，众人难感易流④。"老人大喜，曰："如是，如是。"

注释

① 合浦：今广西合浦县。

② 烂然：明亮的样子。

③ 持戒念道：坚守戒律，不忘修炼。

④ 难感易流：难于感化，容易同流。

译文

元符三年（1100）八月，我在合浦，老人苏佛儿来访，他八十二岁，不饮酒吃肉，眼睛明亮，像童子一样。他说自己从十二岁开始斋居修行，没有老婆孩子。苏佛儿有兄弟三人，都坚守戒律，不忘修炼，大哥已经有92岁了，二哥也有

90岁。我与苏佛儿谈论生死大事，颇有所得。苏佛儿住在州城东南六七里。有一天，他到东城卖菜，看见一老人说："只要心中有佛，不一定要禁止吃肉。"我说："不要这么想，众人很难感化，反而容易随波逐流。"老人大喜，说："就是这样！就是这样！"

品读

佛教作为一种宗教，有很多戒条，常见的有五戒、八戒等等。《西游记》中唐僧给他的二徒弟取名"八戒"，就是要他遵守八种戒律。唐僧要猪八戒遵守的八戒是五荤三厌。所谓五荤，是指五种辛味蔬菜，包括蒜、葱、韭等等。所谓三厌，是指不能吃雁、狗、乌龟三种动物。当然，《西游记》所说的八戒并不正宗。佛教真正的八戒，包括不杀生、不偷盗、不淫邪、不妄语、不饮酒、不眠坐华丽之床、不打扮及观听歌舞、正午过后不食等等。应该说，这八戒对于猪悟能还是很有约束力的，因为《西游记》中的猪八戒恰恰贪吃贪睡，而且好色。

有意思的是，佛教的八戒中并没有明确说不能吃肉。当然，佛教还有更严厉的十戒以及更多的戒条，对于出家的僧人而言，吃肉是绝对禁止的。但是，对于那些在家修行的人而言，要求很低，只需要遵守五戒即可。只要他们不杀生，可以在别人的帮助下吃肉，这就是那些居士们的特权。苏轼号称东坡居士，属于在家修行的那一类人，因而吃肉是允许的。苏轼在日常生活中也是荤腥不忌的，是出了名的"吃货"，著名的"东坡肘子""东坡肉"就是他的美食杰作。

苏轼写过一首《猪肉颂》：

> 洗净铛，少着水，柴火罨烟焰不起。待它自熟莫催它，火候足时它自美。黄州好猪肉，价贱如泥土。贵者不肯食，贫者不解煮。早晨起来打两碗，饱得自家君莫管。

诗中所写，就是苏轼烹制"东坡肉"的经验总结。

只要心中有佛，吃肉又有何妨呢？

僧文荤食名①

僧谓酒为"般若汤②"，谓鱼为"水梭花③"，鸡为"钻篱菜④"，竟无所益，但自欺而已，世常笑之。人有为不义而文之以美名者，与此何异哉！

注释

① 僧文荤食名：僧人文饰肉食的名称。文：掩饰、修饰。荤食：肉食。

② 般若：梵文，"智慧"的意思。

③ 水梭花：僧人将鱼称之为"水梭花"，是因为鱼往来水中，形似穿梭，故名。

④ 钻篱菜：鸡经常钻于篱笆之下，因此僧人称鸡为钻篱菜。

译文

僧人把酒叫作"般若汤"，把鱼叫作"水梭花"，把鸡叫作"钻篱菜"。这有什么用？不过是自欺欺人。世人经常嘲笑僧人的这种做法。人常常因为做了不义之事，为了心安理得，用漂亮的借口来掩饰，这与僧人这般自欺欺人的做法又有什么区别呢？

品读

苏轼被称为东坡居士，自然与佛教关系密切，对佛教知识也了如指掌，但他对佛教的很多习俗并不以为然。比如这里所说的，僧人对于吃肉的美化称呼。佛门有戒律，酒色是一定要戒的，但僧人在山下化缘或者在世俗中行走时，总会碰到酒肉，怎样处理与酒肉的关系就成了考验僧人德性的重要标杆。有些僧人抵御不了酒肉的诱惑，又贪吃，又想心安理得，于是，他们给这些酒肉取了另外的名称，就如同本篇中将酒叫作"般若汤"，把鱼叫作"水梭花"，把鸡叫作"钻篱菜"。

这样遮遮掩掩的状态下，僧人就可以心安理得地偷吃酒肉。更有甚者，还有些僧人公开喝酒吃肉，还拿佛教的宗旨来做掩护，称为"酒肉穿肠过，佛祖心中留"。苏轼对这些行为是极为不齿的，在他看来，这跟人做了坏事就找个借口有什么两样呢？和尚的行为自欺欺人，只是可笑，而那些"不义"的小人，却自冠以美名，那就不是可笑，而是可恶了。

王烈石髓①

王烈入山得石髓，怀之以饷嵇叔夜②。叔夜视之，则坚为石矣。当时若杵碎或错磨食之，岂不贤于云母、钟乳辈哉③？然神仙要有定分④，不可力求。退之有言："我宁诘曲自世间，安能从汝巢神仙。"⑤如退之性气，虽出世间人亦不能容，叔夜婞直⑥，又甚于退之也。

注释

① 王烈：西晋人，字长休，河北邯郸人。相传他经常服食黄精之类，因此活了很久，一直到300多岁，看起来还像少年。石髓：石钟乳，可以入药。

② 怀之以饷嵇叔夜：拿回来赠送给嵇康。饷：赠送。嵇叔夜：嵇康，字叔夜，魏晋时著名文学家，"竹林七贤"之一。

③ 云母：一种矿物，可以入药。钟乳即石：钟乳石，可以入药。

④ 定分：宿命论认为人事均由命运前定，人力难以改变，称为"定分"。

⑤ "退之有言"句：韩愈的这句诗出自其诗《记梦》，诗句原为："我能屈曲自世间，安能从汝巢神山。"

⑥ 婞（xìng）直：倔强刚直。

译文

王烈入山得到石髓，拿回来赠送给嵇康。嵇康一看，这不就是石头么？当时如果嵇康把它捣碎了磨成粉吃掉，岂不比云母、石钟乳等要强？然而神仙是天定，人力不可求。韩愈诗中说："我宁诘曲自世间，安能从汝巢神仙。"像韩愈这样的性情脾气，即便在世间人也不能容，嵇康比韩愈更加倔强刚直，境遇因此也就更差。

品读

本篇是苏轼评神仙之说，故事源自东晋葛洪的《神仙传》。葛洪的这部书记载了 92 位神仙的故事，其中的一位，就是本篇中所提到的王烈。

王烈，字长休，河北邯郸人。他经常服食黄精之类，有长生不老之术，活到 338 岁的时候，还跟年轻人的相貌一样。不仅外貌像年轻人，体力也很好，攀山越岭，健步如飞。王烈年轻的时候是太学院的学生，博学多才。他跟当时"竹林七贤"之一的嵇康关系很好，两人还经常一起外出采药。有一天，王烈独自去山西太行山游玩，听见山的东面崩塌了，轰鸣声就好像打雷一样。于是他就赶去查看。这一看不打紧，他竟然发现了宝贝。东面的山崩塌了好几百丈，两面都是掉落的青石，中间有一个洞穴显现出来。王烈一看，洞穴中有青色的泥石流，跟石髓很像。于是，他就取了少量的泥团来看，泥团很快就变成了石头，散发出一股粳米饭般的香气，放在嘴里咀嚼也有粳米饭的味道。王烈就从泥石流中搓了几个像桃子一样大的泥丸，带了回去。他回去就找到嵇康，跟他说得了宝贝。嵇康很高兴，接过泥丸一看，都已经成了青色的石头，敲起来的声音像敲铜一样。嵇康又跟着王烈跑到山里一看，断裂的山已经恢复原状了，山洞也已经不见了。

后来王烈又独自在河东的抱犊山里看见一个石窟，里面有个白石做成的架子，上面有两卷写在白布上的经文。王烈拿起来一看，上面的字一个都不认识。他不敢把经卷拿走，又放回架子上。不过，他照着经卷描摹下来几十个字。回来给嵇康一看，那些字嵇康居然全都认识。王烈十分高兴，就领着嵇康到山中石窟去读经。本来去石窟的路他记得清清楚楚，但就是怎么也找不到那个石窟。

经过这两件事，王烈终于明白了，原来神仙是要讲仙缘的，嵇康没有仙缘，无法得道，所以不得其门而入。王烈能够碰到五百年才开裂的神山，并且吃了洞穴里流出来的石髓，因此能够长生不老，而嵇康就没有这样的运气。

所以苏轼在文章中感叹，要是嵇康当时把这些石丸捣碎了磨成粉，说不定吞服之后也会长生不老。这就是神仙乃是天定，人力不可强求的道理。当然，这些神话传说，苏轼也是不信的。因此，他举了韩愈不愿当神仙的例子，韩愈不愿当神仙，只想在人世间有所作为。可惜他和嵇康一样，都是性情耿直之人，为世人所不容，命运坎坷，命中注定当不了神仙，而在人世间也是磨难不断。实际上，这也是苏轼对自己人生坎坷的自嘲。

东坡升仙

　　吾昔谪黄州①，曾子固居忧临川②，死焉。人有妄传吾与子固同日化去③，且云："如李长吉时事④，以上帝召他。"时先帝亦闻其语，以问蜀人蒲宗孟⑤，且有叹息语。今谪海南，又有传吾得道，乘小舟入海不复返者，京师皆云，儿子书来言之。今日有从广州来者，云太守柯述言吾在儋耳一日忽失所在，独道服在耳，盖上宾也⑥。吾平生遭口语无数，盖生时与韩退之相似，吾命在斗间而身宫在焉⑦。故其诗曰："我生之辰，月宿南斗。"且曰："无善声以闻，无恶声以扬。"⑧今谤我者，或云死，或云仙，退之之言良非虚尔⑨。

注释

　　① 吾昔谪黄州：苏轼于元丰三年（1080）被贬为黄州团练副使。

　　② 曾子固：曾巩，字子固，南丰（今江西南丰）人，北宋著名文学家，"唐宋八大家"之一。居忧：指居父母之丧。

　　③ 人有妄传吾与子固同日化去：有人谣传我跟曾巩同天死

去。化去：死去。

④ 李长吉：李贺，字长吉，福昌（今河南宜阳）人，唐代著名诗人，有"诗鬼"之称。

⑤ 蒲宗孟：字传正。阆州新井（今四川南部西南）人，仁宗皇祐五年（1053）进士。

⑥ 上宾：升天。道家将升天说成是天帝的上宾。

⑦ 吾命在斗间而身宫在焉：意思是说，苏轼的生辰干支和立命之宫都是磨蝎星座。

⑧ "且曰"句：语出韩愈的《三星行》，诗句原为："无善名已闻，无恶声已灌。"

⑨ 退之之言良非虚尔：韩愈之言的确不虚。良：的确，确实。

译文

我以前被贬黄州，曾巩也因给母亲奔丧居住在江西临川，后死在临川。有人谣传我跟曾巩同天死去，并且说："就好像李贺那样，被天帝召见升天了。"当时先帝也听说了这个谣传，问蜀人蒲宗孟是否有此事，还叹息不已。现在我又被贬海南，又有传言称我得道成仙，乘了小船入海没有回来。京城的人都这样传言，儿子也因此来信询问。今天有人从广州过来，说太守柯述称我在海南儋耳有一天忽然不知所踪，唯独剩下道服，大概升天了。我平生遭受非议无数，大概是生辰跟韩愈相似，立命之宫与生日干支都是磨蝎座。因此韩愈写诗说："我生之辰，月宿南斗。"又说："无善声以闻，无恶声以扬。"现在诽谤我的，有人说我死了，有人说我成仙，韩愈之言的确非虚。

品读

苏轼一生中有多次"被升仙"的经历。这些奇特的经历，不仅让苏轼明白了人情冷暖，也让他对命运展开了思索。他甚至怀疑，这些都是命中注定。

苏轼第一次被升仙，发生在因"乌台诗案"被贬黄州的那段时间。黄州在湖北境内，在北宋期间，那就是偏远之地，经济落后，交通不发达，信息闭塞。苏轼从朝廷的中央一下子被发配到偏僻边缘之地，心中落差可想而知，而且他是戴罪之身，很多亲朋好友都因他被贬，甚至有人家破人亡。在这样的情形下，苏轼不能跟人主动联系，别人也不敢跟他联系。因此，关于苏轼的消息很少。正巧，在这个时间段，同为欧阳修弟子的曾巩因为奔丧回到了江西，后在江西去世。苏轼被贬黄州之后，也是久久没有消息传出来。于是，就有好事者猜想：不会苏轼也因为承受不了打击死掉了吧？慢慢地，关于苏轼已经升仙的谣言就这样流传开来。可苏轼仍然没有消息传出来，也没人出来辟谣，于是，这个谣言越来越像真的了，甚至连皇帝都相信了这个谣言，找来大臣询问苏轼是不是真的已经死掉了。

苏轼第二次被升仙，在更遥远的海南。海南已经到了海边，在今天来看，也是天涯海角。在宋朝，海南就是蛮荒之地，比黄州偏远得多。并且，那个时候的广东、海南一带，不仅人烟稀少，而且自然环境恶劣，瘴气横行。苏轼这样一个文弱书生被贬海南，那就是九死一生。就是苏轼本人，也觉得离死不远了。在这样一个蛮荒偏远之地，交通更加闭塞，信息更加不通。不仅如此，苏轼历经多次被贬，身心俱疲，他的弟弟苏辙也多次告诫他，让他不要再写东西。在这样的环境下，苏轼基本没有任何消息传出。因此，关于苏轼升仙的消息又开始流传起来。有人声称，他看见苏轼有一天驾着小船，往大海深处去了，最终不见了踪影。谣言越来越像真的，甚至连苏轼的儿子都写了信过来问苏轼的情况。这次的版本更离奇，甚至有官方人士出来传播这个假消息。当地太守言之凿凿，称有一天，苏轼忽然不知所踪，消失不见，只剩下衣服在屋里。显然，这就是升天了。结果才发现，苏轼还活得好好的。

记范蜀公遗事①

李方叔言②：范蜀公将薨③，数日须发皆变苍，郁然如画也。公平生虚心养气，数尽神往而血气不衰④，故发于外耶？然范氏多四乳，固与人异，公又立德如此，其化也必不与万物同尽，盖有不可知者也。

注释

① 范蜀公：范镇（1007—1088），字景仁，华阳（今四川成都）人，宋仁宗宝元元年（1038）举进士第一，累封蜀郡公，谥忠文。

② 李方叔：李廌（zhì）（1059—1109），字方叔，号德隅斋，又号齐南先生、太华逸民，华州（今陕西华县）人，北宋文学家，甚为苏轼赞赏，为“苏门六君子”之一。

③ 薨：古代诸侯或有爵位的大官去世被称为“薨”。

④ 数尽神往：气数已尽，精神也没了。数尽：气数已尽。

译文

李方叔曾经说过，范镇将要去世的前几天，胡须头发全都变青了，郁郁葱葱就好像画一样。他平生虚心养气，气数已尽，精神也没了，但血气不衰，因此表现在外。然而范镇家族的人大多身体有四乳，本来就跟一般人不同，范镇又以立德闻名，他去世也一定不会跟万物一样，其中或许有不可知的地方。

品读

范镇是宋代著名的文学家、史学家和政治家。他在政治上最大的特点是直言敢谏，无论是对皇帝，还是对王安石变法，他都是直言不讳，多次进谏，最后也因触怒王安石而致仕。就文学成就和史学成就而言，他参与编撰了欧阳修的《新唐书》，且有文集传世。他的传奇之处，还有他的身体特征，就是本篇记载的故事。

根据宋史记载，范镇家族的男人似乎都有一个共同的身体特征，那就是生有四乳。范镇的兄长早死，但他有个遗腹子流浪在外，范镇就是根据他们家族男人的这个特征跟他的侄儿相认的。不仅如此，范镇去世之前的几天，胡须头发全都变青了。如此种种，都可以证明范镇确实很神异。而苏轼认为，范镇去世前的异状，或许跟他平时正气凛然、内心充实，从而将内心之气外发于胡须头发有关。这实际上也是欧阳修、苏轼等人一直提倡的在文学创作中内心充实而发于文章的观点。

僧相欧阳公①

  欧阳文忠公尝语："少时有僧相我：'耳白于面，名满天下；唇不着齿②，无事得谤。'其言颇验。"耳白于面，则众所共见，唇不着齿，余亦不敢问公，不知其何如也。

注释

  ① 僧相欧阳公：僧人给欧阳修相面。欧阳公：欧阳修（1007—1072），字永叔，号醉翁、六一居士，吉州永丰（今江西省吉安市）人，官至参知政事，谥号文忠，世称欧阳文忠公。欧阳修是北宋著名文学家，为"唐宋八大家"之一。

  ② 唇不着齿：嘴唇挨不到牙齿。

译文

  欧阳修曾经说："小时候有僧人给我相面，说：'耳朵比脸白，名满天下；嘴唇挨不着牙齿，没有事也会被诽谤。'他说的话很多都应验了。"欧阳公耳朵比脸白，所有人都看见了；嘴唇挨不到牙齿，我也不敢问他，不知道实际情形如何。

品读

  本篇记载的是欧阳修的轶事。欧阳修小时候去看相，僧人说他耳朵比脸白，表示他会名满天下，又说他嘴唇挨不到牙齿，会经常被人诽谤。这些都在欧阳修的身上一一应验，欧阳修的几次被贬就是被人诽谤所致。欧阳修曾写有一首《望江南》：

> 江南柳，叶小未成阴。人为丝轻那忍折，莺怜枝嫩不胜吟。留取待春深。
>
> 十四五，闲抱琵琶寻。堂上簸钱堂下走，恁时相见已留心。何况到如今。

词的上阕用各种比喻，描写了少女之美，下阕则传神地写出了活泼可爱、天真烂漫的小姑娘，堂上堂下地跑着，在玩簸钱游戏的情景。而正是这首词，被别人拿来攻击他"为老不尊"。

而这件事其实完全是欧阳修的敌人精心编织的一个谎言。欧阳修先是被人诬陷跟外甥女通奸，后来又被诬陷跟儿媳妇有乱伦之事。虽然最终都证明是莫须有，但这个事情搞得满城风雨，欧阳修也心灰意冷，宋仁宗只好把他下放到滁州，这倒也成就了欧阳修的传世名作《醉翁亭记》。

苏东坡与欧阳修的师生情谊自古就是美谈。此处，苏东坡说到自己的恩师被诽谤，大概别有一番滋味吧。

陈氏草堂

慈湖陈氏草堂①，瀑流出两山间，落于堂后，如悬布崩雪②，如风中絮，如群鹤舞。参寥子问主人乞此地养老，主人许之。东坡居士投名作供养主③，龙邱子欲作库头④。参寥不纳，云："待汝一口吸尽此水，令汝作。"

注释

① 慈湖：在今浙江慈溪市。

② 如悬布崩雪：如同空中悬着白布，雪山崩塌飘在空中。

③ 供养：指供给饮食、燃灯、香、花、财宝等写佛、善知识，也指将饮食、衣服、汤药等供给僧侣助其修行。供养主，即是提供这些的施主。

④ 龙邱子：陈慥，字季常，别号龙邱子、静庵居士、方山子，四川眉山（今四川眉山）人，晚年隐居黄州岐亭（今麻城岐亭），信佛参禅，与苏轼交好。库头：寺庙中副寺之旧称，主管寺内的出纳。

译文

慈湖陈氏草堂，后面两山之间有一道瀑布，就好像空中悬着白布、雪山崩塌飘在空中，又像风中飘的柳絮，也像一群群的白鹤在空中飞舞。参寥大师向草堂主人请求给块地养老，主人答应了。东坡居士也投名，做了参寥大师的供养主。陈慥想做参寥大师的库头，参寥大师不接受，说："你什么时候能够一口气把这瀑布水吸完，就可以让你当库头。"

品读

陈慥，眉州青神（今四川眉山市青神县）人。生卒年不详，少嗜酒好剑，用财如粪土，北宋时，常从两骑挟二矢与苏轼游，并论用兵及古今成败，自谓一世豪士。晚年居于黄州的歧亭，常信佛，饱参禅学，自称龙丘先生，又曰方山子，与苏东坡是好友。

苏轼在多篇文章中都提到过这位好友陈慥。正是他的反复书写，让陈慥得以名垂千古。一直到今天，陈慥的形象都在影视剧中反复出现。关于陈慥的故事很多，但最著名的、也是最常在影视剧中出现的是"河东狮吼"的故事。

陈慥为人豪爽好客，但又十分怕老婆。每当陈慥宴请好友，以歌女作陪的时候，他的妻子柳氏就醋意大发，用木棍敲打墙壁，令客人尴尬不已，只好离开。苏轼作为陈慥的好友，自然也常常受到这样的待遇。因此，他就作了一首长诗来嘲笑陈慥。诗中这样说："龙丘居士亦可怜，谈空说有夜不眠。忽闻河东狮子吼，拄杖落手心茫然。"将陈慥对他老婆的畏惧描绘得生动鲜活，也将柳氏的彪悍很好地表现了出来。于是，就有了"河东狮吼"这个成语，而"河东狮吼"也专门用来形容妻子的彪悍。

跋李主词^①

"三十余年家国，数千里地山河，几曾惯干戈？一旦归为臣虏，沈腰潘鬓消磨。最是仓惶辞庙日，教坊犹奏别离歌，挥泪对宫娥。^②"后主既为樊若水所卖^③，举国与人，故当恸哭于九庙之外^④，谢其民而后行，顾乃挥泪宫娥，听教坊离曲！

注释

① 李主：李煜（937－978），南唐中主李璟第六子，初名从嘉，字重光，号钟隐、莲峰居士，生于金陵（今江苏南京），祖籍彭城（今江苏徐州），南唐最后一位国君。世称南唐后主、李后主。

② "三十余年家国"句：此词为李煜《破阵子》："四十年来家国，三千里地山河。凤阁龙楼连霄汉，玉树琼枝作烟萝，几曾识干戈？一旦归为臣虏，沈腰潘鬓消磨。最是仓皇辞庙日，教坊犹奏别离歌，垂泪对宫娥。"沈腰：沈约的腰，典故出自《南史·沈约传》，沈约自称年老，腰围日减。后形容日渐消瘦。潘鬓：潘岳的白发。潘岳在《秋兴赋》序中说："余春秋三十有二，始见二毛。"后用潘鬓来形容中年生白发。

③ 樊若水（943—994）：字叔清，南唐士人，因不得志而叛国，向宋太祖进献架浮桥平南唐之策，宋太祖因而挥兵渡过长江，灭了南唐。后被宋太祖赵匡胤赐名为樊知古，字仲师。

④ 恸（tòng）哭：痛哭。九庙：君王的宗庙。

译文

李后主的词《破阵子》中说："三十余年家国，数千里地山河，几曾惯干戈？一旦归为臣虏，沈腰潘鬓消磨。最是仓惶辞庙日，教坊犹奏别离歌，挥泪对宫娥。"后主被樊若水出卖以后，面对举国上下，因当在祖先的宗庙痛哭，然后向民众道歉而后离开，但他没有，反而跟后宫宫娥挥泪而别，还去教坊听离歌。

品读

李煜，南唐中主李璟第六子，也是南唐最后一位国君。他在历史上名传千古，并不是因为他的政治身份，而是因为他的词。李煜的词虽然受到以晚唐温庭筠等人所代表的"花间词"派的影响，在风格上偏温婉，但他经历了国破家亡，从国君到阶下囚的急剧转变，因而他的词在题材上大大超脱出"花间词"的闺阁艳情，有很多关注现实、书写其国破家亡的遭遇的作品，词风也由以前的温婉变为慷慨悲壮。正是这种国破家亡的急剧转变，使得他的词在艺术上获得了极高的成就。李煜也由此成为词坛大家，对后世影响深远。

苏轼在本篇中虽然以李煜的词开头，但他并非是评价李煜的艺术成就，而是借此对李煜在政治上毫无作为提出了批评。历史上有人评价说，如果李煜真的懦弱无能，怎么能将南唐守住十几年？李煜当上南唐国君后，虽然也励精图治，奈何南唐国力太弱，因此他即位后就采取对宋称臣的策略，企图让宋太祖赵匡胤不再有灭南唐之心。但赵匡胤说："卧榻之侧，岂容他人安酣睡!"最终赵匡胤还是发动战争，历经一年多灭掉了南唐。李煜也被抓，成了宋王朝的阶下囚，被封违命侯。宋太宗即位后，改封陇西公。

李煜的《破阵子》也是他流传较广的一首词。苏轼认为，李煜真不是一个好国君，都已经国破了，就应该在宗庙痛哭，怎么能够在教坊听乐曲呢？应该说，苏轼的批评有些强词夺理的意思。李煜的这首词显然是在南唐已经灭亡的情况下作的，他所写的教坊奏别离曲以及对宫娥垂泪，或许并非是当时的实情，而是一种情绪和情境的渲染。整首词开头慷慨悲壮，结尾处凄惨悲切，感染力极强。

辨荀卿言青出于蓝①

荀卿云②："青出于蓝而青于蓝，冰生于水而寒于水。"世之言弟子胜师者，辄以此为口实③，此无异梦中语！青即蓝也，冰即水也。酿米为酒，杀羊豕以为膳羞④，曰："酒甘于米，膳羞美于羊。"虽儿童必笑之，而荀卿以是为辨⑤，信其醉梦颠倒之言！以至论人之性，皆此类也。

注释

① 荀卿：荀子（约公元前313—公元前238），名况，字卿，战国末期赵国人，著名思想家，被后人称为荀卿、孙卿。

② "荀卿云"句：荀子的这段话出自《劝学》篇。

③ 口实：话柄、借口。

④ 膳羞：美食。

⑤ 是：这、此。

译文

荀子说："青出于蓝而青于蓝，冰生于水而寒于水。"世上说弟子胜过老师的，都以荀子的这句话为借口，这无异于说梦话。青就是蓝，冰就是水。酿米成酒，杀猪羊做成美食，说："酒比米甜，美食比羊可口。"这话即使是小孩都会笑话，而荀子拿这个来辨别，这一定是他喝醉酒后做梦胡乱说的话。至于他论人性，也跟这一样，都是胡言乱语。

品读

荀子的名言"青出于蓝而青于蓝"，一直广泛为人称颂，被用来比喻后人胜过前人，尤其是弟子胜过老师。但苏轼显然对这一观点并不认同。在苏轼看来，世人之所以引用荀子的这句话，只是一个借口。苏轼认为，青就是蓝，冰就是水，根本就谈不上谁胜过谁的问题。但不得不说，苏轼对于荀子的观点有所曲解。荀子所谓"青出于蓝而青于蓝"，是说靛青由蓝草提炼而来，但从颜色上看，要比蓝草更青；"冰生于水而寒于水"，冰块由水凝结而成，但从寒冷的角度而言，冰比水要寒冷。这是毫无问题的。苏轼对荀子的批驳甚至包括所举的例子，都有狡辩的成分在内。当然，所谓弟子一定胜过老师，后代一定胜过前代，这也是不符合事实的。荀子也没有说过这样的话。

苏轼对荀子这一观点以及人性本恶观点的批判，其实都是宋代风气使然。宋人重文化，在中国古代的朝代中，宋人的文化素养是较高的，他们对前人尤其是那些名家的观点多有新的阐发，苏轼批驳荀子的观点，就是这种风气的产物。苏轼的父亲苏洵、弟弟苏辙，都有对前人观点的重新阐发。

论桓范陈宫^①

　　司马懿讨曹爽^②，桓范往奔之^③。懿谓蒋济曰^④："智囊往矣！"济曰："范则智矣，驽马恋栈豆^⑤，必不能用也。"范说爽移车驾幸许昌^⑥，招外兵，爽不从。范曰："所忧在兵食，而大司农印在吾许^⑦。"爽不能用。陈宫、吕布既擒^⑧，曹操谓宫曰："公台平生自谓智有余，今日何如？"宫曰："此子不用宫言。不然，未可知也！"仆尝论此二人：吕布、曹爽，何人也？而为之用，尚何言知！臧武仲曰^⑨："抑君似鼠，此之谓智。"^⑩

注释

　　① 桓范：字元则，沛国龙亢（今安徽省怀远县）人，三国时期魏国的谋臣。陈宫：字公台，东汉末年吕布的首席谋士，东郡东武阳（今山东莘县）人。

　　② 司马懿（179—251）：字仲达，河内郡温县（今河南省焦作市温县）人。三国时期魏国杰出的政治家、军事家、战略家，曾为魏国大都督、大将军、太尉、太傅，西晋王朝的奠基人。曹爽（？—249）：字昭伯，沛国谯县（今安徽亳州）人，三国时期魏国宗室，官至大将军，后因叛乱被司马懿所杀。

③ 桓范往奔之：桓范跑去投奔曹爽。

④ 蒋济：蒋济（188—249），字子通，楚国平阿（今安徽省怀远县）人，曹魏重臣，四朝元老，官至太尉。

⑤ 驽马恋栈豆：劣马贪恋马房的豆料。驽马：劣马。栈豆：马房的豆料。

⑥ 范说爽移车驾幸许昌：桓范游说曹爽移驾许昌。说：游说。幸：帝王到达某地。

⑦ 大司农：官职名，秦汉时全国财政经济的主管官，后来逐渐演变为专掌国家仓廪或劝课农桑之官。吾许：我处。

⑧ 吕布：吕布（？—198），字奉先，五原郡九原县（今属内蒙古包头市）人，三国时期有名的大将，以勇武出名。

⑨ 臧武仲：即臧孙纥（hé），又称臧孙、臧纥，武仲是其谥号，臧文仲之孙，鲁国大夫。

⑩ "抑君似鼠"句：侍奉君王像老鼠一样狡猾，这才是智慧。

译文

司马懿讨伐曹爽时，桓范投奔了曹爽。司马懿对蒋济说："智囊到曹爽那边了！"蒋济说："桓范是聪明，但是劣马留恋马槽中的豆子，曹爽一定不会重用他。"桓范劝说曹爽移驾到许昌去，招一些外兵，曹爽不听从。桓范说："我们现在最担忧的是兵和粮草，大司农印正在我这里，不用担心粮草。"曹爽还是不听他的。陈宫、吕布被擒之后，曹操问陈宫说："你平生自认为智慧有余，今天怎么会沦落到现在这般田地？"陈宫说："这小子不听我的话，不然，胜败还不可知呢！"我曾经评论过这两个人：吕布、曹爽，是什么人呢？为他们所用，还谈什么有智慧呢！臧武仲说："侍奉君王像老鼠一样狡猾，这才是智慧。"

料峭春风吹酒醒，

微冷，山头斜照却相迎。

回首向来萧瑟处，

归去，也无风雨也无晴。

苏轼（宋）　定风波·莫听穿林打叶声

品读

本篇讲了三国时期的两个谋臣的故事。苏轼认为，这两个谋臣虽然号称聪明，但实际上分不清形势，根本谈不上智慧。

三国魏明帝曹叡病危，令少帝曹芳即位，并命司马懿和曹爽为托孤大臣，让这两位辅佐少帝。少帝曹芳即位后，重用曹爽，曹爽却专政乱权，甚至自比皇帝。公元 249 年，曹爽带着少帝曹芳拜谒高平陵，司马懿趁机发动政变，紧闭洛阳城门。当时，大司农桓范被司马懿任命为行中领军事，命令他接管中领军曹羲的军队。但桓范的儿子们认为，皇帝在曹爽那边，应该去投奔曹爽。于是，桓范便去投奔曹爽。桓范向曹爽献策，希望曹爽带着皇帝到许昌，并从外面征召兵马。在他看来，他是大司农，掌管天下粮草，只要再去招兵，困扰曹爽的兵马粮草问题就都解决了。但曹爽虽然骄横跋扈，性格却胆小，犹豫不决。最终曹爽没有听从桓范的建议，反而向司马懿投降，认为这样还可以保有荣华富贵。结果，曹爽被以谋反罪处死。

同样的，陈宫也是三国时期著名的谋士。他本来是曹操的心腹，后来投奔到吕布帐下。公元 198 年，曹操率军队攻打吕布所在的下邳。曹操写信招降吕布，吕布很心动。陈宫坚决反对，提出让吕布率兵出城驻扎，他率部分军队守城。曹操无论进攻哪一路，都会首尾不顾，最后只会因粮草用尽而退兵。然而，吕布虽然勇冠三国，却没有谋略，听不进陈宫的计策。最终，下邳被攻破，吕布、陈宫都被擒杀。

　　无论是桓范还是陈宫，都很有智慧，足智多谋，但苏轼认为，这两个人没有识人之明，没有选择正确的辅佐之人，结果空有满腹谋略，却没有明主赏识，自然无法成就平生的志向。真正的智慧，是要认清自己，认清他人。

刘伯伦①

刘伯伦常以锸自随②，曰："死即埋我。"苏子曰：伯伦非达者也，棺椁衣衾③，不害为达④。苟为不然，死则已矣，何必更埋！

注释

① 刘伯伦：刘伶，字伯伦，沛国（今安徽淮北）人。魏晋时期名士，与阮籍、嵇康、山涛、向秀、王戎和阮咸并称为"竹林七贤"。刘伶嗜酒，酒风豪迈，被称为"醉侯"。《晋书》有传。

② 锸（chā）：铁锹，掘土的工具。自随：随身携带。

③ 棺椁（guǒ）：棺材和套棺（古代套于棺外的大棺），泛指棺材。衣衾（qīn）：指装殓死者的衣服与单被。

④ 害：妨害。

译文

刘伶常常随身带着铁锹，说："死了就把我埋了。"苏轼说：刘伶并不旷达，棺材殓衣，没有妨害即为旷达。如果不是这样的话，死都死了，何必要埋呢！

品读

苏轼也曾经评价过陶渊明"非达"。原因很简单：陶渊明写了一首《无弦琴》，说只要能够懂得弹琴的乐趣，有没有琴弦不重要。史书上也记载了陶渊明喝酒之后弹琴作乐，但琴上没弦，陶渊明却乐此不疲。苏轼认为，陶渊明并不旷达，真正的旷达、洒脱，不仅不需要琴弦，连琴都不需要。这就是不假外物。

相比陶渊明，"竹林七贤"之一的刘伶更加洒脱、更加放浪形骸。刘伶对世俗毫不理会，只与竹林七贤交好。他喜欢在家里脱光衣服，别人来他家里，看见他这样，就批评他，但他笑着说："我把天地当房子，房子当衣服，你怎么跑到我的衣服中来了？"这种言论即使放到今天来看，都足够惊世骇俗。

刘伶的旷达，还可以从本则故事中看出来。刘伶随身带着铁锹，说让人在他死的时候，用铁锹把他顺便就埋了。对生死看得如此淡泊，也足见刘伶之旷达洒脱。这种洒脱，也是魏晋名士们追求的境界。

但在苏轼看来，陶渊明和刘伶都不够旷达。他对陶渊明和刘伶凭借外物才能达到旷达的境界，表示了不满。在他看来，陶渊明要真正的旷达，是不需要琴，就可以自得其乐。刘伶若要真正的旷达，死就死了，压根就不需要埋。庄子的妻子死了，他却鼓盆而歌，认为妻子真正得到了超脱。相比庄子，刘伶的境界显然还停留在较低的层次上，而苏轼追求的则是更加超脱的境界。

张华《鹪鹩赋》①

阮籍见张华《鹪鹩赋》②，叹曰："此王佐才也！"观其意，独欲自全于祸福之间耳③，何足为王佐乎？华不从刘卞言④，竟与贾氏之祸⑤，畏八王之难⑥，而不免伦、秀之虐⑦。此正求全之过，失《鹪鹩》之本意。

注释

① 张华（232—300）：字茂先，范阳方城（今河北固安）人，西晋时期政治家，官至司空，八王之乱时被杀。张华也是西晋时期的文学家，著有《博物志》。《鹪鹩赋》：张华创作的一篇赋文，通过对鸟禽的褒贬，来抒发自己的超逸志向。

② 阮籍：（210—263），字嗣宗，陈留（今属河南）人。三国时期魏国人，竹林七贤之一，曾任步兵校尉，世称阮步兵。

③ 独欲自全于祸福之间耳：唯独想要在祸福之间保全自己。

④ 华不从刘卞言：《晋书·张华传》记载，贾后想要废太子，左卫率刘卞告诉了张华，想要跟他一起放逐贾后，张华没有同意，后来贾后成功地废除太子。八王之乱中，张华被视为贾后一党而被杀。刘卞：字叔龙，西晋东平须昌人，官至左卫率、轻车将军、雍州刺史。

⑤ 竟与贾氏之祸：竟然参与贾后乱政的大祸中。贾氏之祸：贾后乱政，导致八王之乱。

⑥ 八王之难：八王之乱。晋武帝大封宗室，分封二十七个同姓王。晋惠帝时期，以汝南王司马亮、楚王司马玮、赵王司马伦、齐王司马冏、长沙王司马乂、成都王司马颖、河间王司马颙、东海王司马越八王为代表的诸侯作乱，持续 16 年。

⑦ 而不免伦、秀之虐：八王之乱时，赵王司马伦派他的部下孙秀联络张华，被拒绝，后来被司马伦所杀。

译文

阮籍读了张华的《鹪鹩赋》，叹息说："这人是王佐之才！"看张华的《鹪鹩赋》，其中的意思都是唯独想要在祸福之间保全自己，哪里称得上王佐之才！张华不听从刘卞的话，竟然参与到贾后之祸当中，畏惧八王之乱，而不免被司马伦、孙秀所杀。这正是只求保全自己造成的过失，失却了《鹪鹩赋》的本意。

品读

张华是西晋名士，位居高官。但他刚开始也是寂寂无闻，名不见经传。后来，"竹林七贤"之一的阮籍读了张华的《鹪鹩赋》，给了他"王佐之才"的评语，张华之名才为人熟知，并慢慢走上仕途，进而身居高位。

阮籍认为张华的《鹪鹩赋》展现了张华的政治才华，但苏轼认为，这显然是阮籍的误读。《鹪鹩赋》是书写鹪鹩的一篇赋，也是张华流传至今的一篇赋。从赋文来看，还真与苏轼所说的。鹪鹩是一种小鸟，不能在天空展翅高飞，只能在低矮的树丛中飞跃。但正是这种特征，使得它不为人注意，既不会有猎人用弓箭射杀，也不会遭遇到天敌的追杀。

不能高飞，身处下位，力量卑弱，但也不会遭遇灾害。全赋运用老庄的理论来阐释鹪鹩的生存哲学，特别是用庄子的鲲鹏、燕雀的比喻，来展现小人物的避祸之道、生存之道。苏轼认为，《鹪鹩赋》展现了张华希望在乱世中避祸自全的思想，这是有道理的。但张华也借《鹪鹩赋》表达了小人物的强大，确实也暗含希望在乱世有一番作为的雄心。

苏轼因诗文惹祸，因此他对前人关于避祸的文章比较关注。正他所说，张华的《鹪鹩赋》强调了小人物的避祸之道。张华身居高位之后，也一直秉持这种避祸之道。但由于身份的转变，这种小人物的避祸之道，显然已经不适应作为高官的张华。晋惠帝时期，贾后专政，想要废除太子。张华并不同意废太子，但又没有跟刘卞一起行动，流放贾后。后来，贾后诬太子谋反，导致太子被贬为庶人。八王之乱的时候，各地诸侯王都打着清除贾后势力的旗号，赵王司马伦派他的部下孙秀联络张华，希望张华能跟他们一起废除贾后，但张华拒绝了。因此，张华被当作与贾后一党，最后被赵王司马伦所杀。

苏轼认为，张华身居高位之后，还坚持《鹪鹩赋》中宣扬的小人物避祸之道，希望通过不作为来避祸，没想到，被贾后与赵王司马伦都当成了敌人，不仅没有达到避祸的目的，反而因此被杀。这就是不知道变通之道的后果。有意思的是，苏轼的遭遇与张华十分相似。苏轼反对王安石变法，因而被新党当成旧党；等到旧党当政，他又被当成新党。这种两面不讨好的处境，或许正是苏轼反思张华命运的原因所在。

刘凝之沈麟士①

　　《南史》②：刘凝之为人认所著履③，即与之，此人后得所失履，送还，不肯复取。又沈麟士亦为邻人认所著履，麟士笑曰："是卿履耶？"即与之。邻人得所失履，送还，麟士曰："非卿履耶？"笑而受之。此虽小事，然处事当如麟士，不当如凝之也。

注释

　　① 刘凝之：字志安，小名长年，南北朝时期南郡枝江人，羡慕老莱子、严子陵为人，将家财都给了兄弟亲友，多次被征召为官，都不出仕，后来隐居在衡山。沈麟士（419—503）：字云祯，南北朝时期吴兴武康（今属浙江）人，他隐居不仕，读书不倦，著有《老子要略》等书，并注有《易经》《春秋》《尚书》《论语》等。

　　②《南史》：唐代李延寿撰，记载南朝宋、齐、梁、陈四国一百七十年的历史，"二十四史"之一。

　　③ 所著履：所穿的鞋。

译文

　　《南史》记载：刘凝之被人指认说脚上的鞋是自己的，于是刘凝之就把自己的鞋子给了他。那人后来又找到了丢失的鞋子，就把刘凝之的鞋子送还回来，刘凝之却不肯再要了。

沈麟士也被邻居指认说脚上的鞋子是他的。沈麟士笑着说："是你的鞋吗？"于是就把鞋给他了。后来邻居找到丢失的鞋子，于是把沈麟士的鞋送了回来。沈麟士说："不是你的鞋吗？"他笑着收下了鞋。这虽然是小事，但是处世应当像沈麟士，不应当学刘凝之。

品读

　　本篇涉及的两个人物在《南史》中都有记载，足见这两人在当时都颇有名气。两人都是隐士，但在苏轼看来，两人还是有高下之分。

　　刘凝之，湖北枝江人，在南朝时期以隐逸出名。他出身宦官之家，父亲曾经担任过衡阳太守。父亲去世之后，刘凝之因为倾慕老莱子、严子陵，所以将家产都送给了弟弟和侄儿，自己跑到野外，盖了一间草房，亲自耕种，自给自足。他的夫人也是出身高官家庭，是梁州刺史之女，嫁妆丰厚，但难能可贵的是，她也能跟刘凝之一起过这种贫苦的日子，夫妻二人将嫁妆也都送给了亲友。其美名在乡里传颂，得到了很多做官的机会。一开始是有人推荐他当西曹主簿，推荐他出任秀才，他没有答应。后来皇帝征他为秘书郎，他也没有去。当时临川王刘义庆、衡阳王刘义季在荆州镇守，也派人去慰问他。由此，跟两位地方王结下了友谊。有一年，荆州大灾，衡阳王刘义季担心刘凝之受饿，特意送了十万钱周济他。而他跑去市集买粮食，路上看见饥民，就把钱都分给了别人，很快钱就分光了。刘凝之的这种性格显然注定了他不能大富大贵，因此他最终带着妻子儿女在衡山隐居，彻底成了一个隐士。

沈麟士，浙江人，在南朝以藏书、教书、著书出名。沈麟士小时候家里贫穷，但他喜欢读书，只好一边以织帘为生，一边读书。当时人送外号"织帘先生"。长大之后，沈麟士学问精深，但还是苦于无书可读，就跑到都城去借阅了大量的藏书。之后，他就隐居在吴差山中，立志以藏书、读书、著书为目标。于是，他一边藏书、读书、写书，一边在山中教授学生，给学生讲经，跟随他学习的弟子有几百人。当时朝廷多次征召他去做官，他都不去。他以藏书为乐，家里藏书接近万卷。有一次，他家里失火，烧毁的书籍多达几千卷。他对此痛心不已，一直到年过八旬，垂垂老矣，他还在抄书，想把烧掉的书补回来。抄了几千卷之后，家中的藏书又恢复到以前的样子。

从历史的记载来看，沈麟士与刘凝之还是大有不同。刘凝之仗义疏财，喜欢游山玩水，性情比较洒脱。沈麟士则除了藏书、读书、写书、教书外，对其他事毫无兴趣。苏轼显然对同为读书人的沈麟士更加认同。刘凝之虽然仗义疏财，但他的隐居并不彻底，还对地方王侯以臣自称，接受他们的救济。而且从苏轼记载的小事来看，显然沈麟士更加淡泊，已经没有了世俗之心。也正是这种专注和淡泊，使沈麟士专心学问，成就了浙江沈氏家族的诗文传统。

中编　东坡诗论

评诗人写物

诗人有写物之功^①。"桑之未落，其叶沃若。"^②他木殆不可以当此^③。林逋《梅花》诗云："疏影横斜水清浅，暗香浮动月黄昏。"绝非桃李诗。皮日休《白莲》诗云："无情有恨何人见，月晓风清欲堕时。"^④绝非红梅诗。此乃写物之功。若石曼卿《红梅》诗云："认桃无绿叶，辨杏有青枝。"^⑤此至陋语，盖村学中体也^⑥。

注释

① 诗人有写物之功：诗人有描写事物的工巧之力。

② "桑之未落"句：此诗出自《诗经·卫风·氓》。这句诗意思是：桑树还没有落叶的时候，它的树叶沃然繁茂。

③ 他木殆不可以当此：其他的树木不能承当这样的描写。苏轼认为只有桑树才能承当"桑之未落，其叶沃若"这样的描述，因为这两句诗成功地将桑树的特性描述得入木三分。

④ "皮日休《白莲》诗"句：今本皮日休的《咏白莲》中并无此句。此诗句在今本陆龟蒙的《白莲》诗中。皮日休（约838—约883），字袭美，一字逸少，自号鹿门子，又号间气布衣、醉吟先生，复州竟陵（今湖北天门）人。唐懿宗咸通八年（867）进士及第，后参加黄巢起义（《唐才子传》称其"陷巢贼中"），兵败后不知所踪。皮日休是晚唐著名诗人，与陆龟蒙齐

名，世称"皮陆"。

⑤ 石曼卿：石延年（994—1041），字曼卿，又字安仁，别
号葆老子。石曼卿工诗，善书法，是宋初知名的诗人，与欧阳
修等人有交往。

⑥ "此至陋语"句：这是最鄙陋的诗句，大概跟乡村私塾
中初学者写的诗一样。

译文

诗人有描写事物的工巧之力。《诗经·卫风·氓》中说：
"桑之未落，其叶沃若。"除了桑树，其他树木不能承担这样
的描述。林逋《梅花》诗中也有诗句："疏影横斜水清浅，暗
香浮动月黄昏。"这绝不是描述桃李的诗句。皮日休《白莲》
诗说："无情有恨何人见，月晓风清欲堕时。"这也绝不是描
述红梅的诗句。这些都是描写事物的工巧之力。像石曼卿
《红梅》诗说："认桃无绿叶，辨杏有青枝。"这是最鄙陋的诗
句，大概跟乡村私塾中初学者写的诗体一样。

品读

所谓"写物之功"，实际上也是《答谢民师书》
中所说的"求物之妙"，以及《自评文》中所说的
"随物赋形"，也就是将事物的特性描绘出来。苏轼
在本篇文章中所说的"诗人有写物之功"，实际上指
的就是诗人具备将事物的特性通过诗歌展现出来的
能力。当然，并不是所有的诗人都具备这样的能力，
真正具备写物之功的诗人毕竟是少数。

关于诗人的写物之功，苏轼在本篇中列举了多
首诗歌来论证这一问题。苏轼所举的第一首诗是

《诗经·卫风·氓》。这首诗展现了一个被抛弃的怨妇，她经历了从恋爱的甜蜜到婚后的辛劳、从青春貌美到人老珠黄的一个过程。诗人在展现妇人曾经的青春貌美和现在的人老珠黄时，都用了桑树作为比喻。青春貌美的时候，"桑之未落，其叶沃若"，少女就像郁郁葱葱的桑叶一样，惹人喜爱。而到了人老珠黄的时候，"桑之落矣，其黄而陨"，桑叶枯黄，随风飘零，无人理睬。从"桑之未落，其叶沃若"到"桑之落矣，其黄而陨"，诗人将桑树从春天到秋天、桑叶从青葱到枯黄的过程展现了出来，就像一幅幅变化生动的画。在苏轼看来，这首诗对桑树的描绘就抓住了桑树的特性，其他树木是不可能这样的。从这个意义上说，《诗经·卫风·氓》的作者就是一位拥有写物之功的诗人。

苏轼所举的第二例子是林逋的《梅花》，林逋这是千古传唱的名篇。诗原文为：

> 众芳摇落独暄妍，占尽风情向小园。
> 疏影横斜水清浅，暗香浮动月黄昏。
> 霜禽欲下先偷眼，粉蝶如知合断魂。
> 幸有微吟可相狎，不须檀板共金尊。

诗人林逋是宋代的隐士，他隐居不仕，住在西湖边，以梅花和鹤为伴，人称"梅妻鹤子"。正因其对梅花的喜爱，也导致他对梅花的刻画入木三分。在全诗中，"疏影横斜水清浅，暗香浮动月黄昏"是最为著名的诗句，也是历代被公认的写物最佳的名句之一。苏轼认为，这句诗充分展现了梅花的特性，如果是桃树和李树，是绝对不可能出现倒影横斜、暗香浮动这样的状态。

苏轼所举的第三个例子是皮日休的诗《白莲》。但从今天的资料来看，"无情有恨何人见，月晓风清欲堕时"，应是唐代陆龟蒙《白莲》诗中最后的两句。陆龟蒙《白莲》诗为：

素葩多蒙别艳欺，此花端合在瑶池。

无情有恨何人觉，月晓风清欲堕时。

对于白莲花，全诗其实并没有直接描绘，而是抓住它的一个特性充分展开。白莲花的凋谢都不在白昼和人前，而是在明月高挂、清风微拂之时。白莲花不艳丽，它只将其洁白的一面展现在人前，凋谢之时都会选择在人后，只伴随明月清风飘落。苏轼认为，"无情有恨何人觉，月晓风清欲堕时"，这充分抓住了白莲花高洁的特性。在他看来，这决不是描写红梅的诗。因为红梅花朵艳丽，并且红花飘落都在人前，惹人注意。

为了进一步揭示诗人的写物之功，苏轼还举了一个反例。他认为，石曼卿诗《红梅》就不具备写物之功。石曼卿的《红梅》诗为：

梅好唯伤白，今红是绝奇。

认桃无绿叶，辨杏有青枝。

烘笑从人赠，酡颜任笛吹。

未应娇意急，发赤怒春迟。

苏轼对石曼卿《红梅》的评价是：简陋。在苏轼看来，这首诗就好像初学写诗的少年所写的练笔诗一样。这个评价是恰当的。首两句虽然揭示出红梅的颜色，但没有描绘，只反复说这种梅花没有白色只有红色。接下来的两句，"认桃无绿叶，辨杏有青枝"，直接跳开对红梅的描写，谈如何辨认桃树和杏树。辨认桃树要看有没有绿叶，辨认杏树要看有没有青色的树枝。或许诗人的意思是说，每种树都有其特性，辨认红梅要看有没有红花。没有直接的描绘，没有侧面的烘托，只有直白的说辞，以及顾左右而言他，通篇读者只知道红梅是红色的，其余的一无所知。显然，这远谈不上写物之功。

苏轼在多篇文章中强调"辞达"。辞达，既是"求物之妙"，也是"写物之功"。就写物这一点而言，写物诗要达到"辞达"，就是先要在心中把握物的特性，并将其完美地呈现在诗歌创作中。

书司空图诗

司空图表圣自论其诗①，以为得味于味外②。"绿树连村暗，黄花入麦稀。"③此句最善。又云："棋声花院静，幡影石坛高。"④吾尝游五老峰⑤，入白鹤院⑥，松阴满庭，不见一人，惟闻棋声，然后知此句之工也，但恨其寒俭有僧态⑦。若杜子美云："暗飞萤自照，水宿鸟相呼。""四更山吐月，残夜水明楼。"⑧则才力富健，去表圣之流远矣。

注释

① 司空图表圣：即司空图（837—908），字表圣，河中虞乡（今山西永济）人，唐末诗人、诗歌批评家，著有《二十四诗品》。

② 以为得味于味外：以为诗之味在诗外。这句话是苏轼的总结，最接近的原文出自司空图的《与李生论诗书》。晁公武《郡斋读书志》记载司空图有《一鸣集》，并云："最长于诗，其论诗有曰：'梅止于酸而盐止于咸，味常在酸咸之外'，谓其诗'棋声花院静，幡影石坛高'之句为得之，人以其言为然。"

③ "绿树"句：见司空图《独望》诗："绿树连村暗，黄花出陌稀。远陂春草绿，犹有水禽飞。"

④ "棋声"句：司空图此诗，《全唐诗》卷634只载有残句

"棋声花院闭，幡影石坛高"，并无诗名，应该就是根据苏轼的记载抄录而成。

⑤ 吾尝游五老峰：我曾经游览过五老峰。五老峰：位于庐山的东南侧，是庐山有名的景观，海拔1436米。因为五座主峰仿佛五个老人坐在一起，故名五老峰。

⑥ 白鹤院：即庐山的白鹤观，在五老峰下。白鹤观是唐高宗时建造，宋朝时被赐名承天白鹤观。

⑦ 寒俭有僧态：诗歌寒酸浅薄，有僧诗的姿态。寒俭：形容诗歌作品内容浅露、单薄。僧态：指僧诗的风格浅薄。

⑧ 杜甫的四句诗，前两句出自《倦夜》。后两句出自《月》：

四更山吐月，残夜水明楼。尘匣元开镜，风帘自上钩。兔应疑鹤发，蟾亦恋貂裘。斟酌姮娥寡，天寒耐九秋。

译文

司空图评论他自己的诗，认为他的诗味在诗之外。"绿树连村暗，黄花入麦稀。"这句最好。他还有诗句："棋声花院静，幡影石坛高。"我曾经游览庐山五老峰，到了白鹤观，庭院满是松树的树荫，一个人都没有，只听到下棋的声音，这才体会到司空图这句诗的精巧，但是对这句诗寒酸浅薄有僧诗的姿态而感到遗憾。像杜甫的诗歌："暗飞萤自照，水宿鸟相呼""四更山吐月，残夜水明楼"，就显得才雄力健，比司空图之流的诗歌高远多了。

品读

苏轼对晚唐诗人司空图的诗论十分赞同，多次在文章中引用并阐述他的"美在咸酸之外"的文学观点。

与"美在咸酸之外"类似，苏轼还将司空图的观点引申为"味外之味"。正因对司空图的诗学观点十分认同，苏轼进而对司空图的诗歌也十分赞赏。本则诗话即为苏轼通过书写司空图的诗歌，进而阐述司空图"味外之味"的观点。

无论是"美在咸酸之外"，还是"味外之味"，都出自司空图的《与李生论诗书》。在司空图看来，文学创作十分艰难，要达到高深的境界更是难上加难。在所有的文学体裁中，诗歌创作尤其艰难。关于如何创作诗歌，古往今来，有太多的文学家和诗歌评论家用各种各样的比喻来说明。司空图认为，用"滋味"来比喻诗歌创作最为恰当。他还举了一个日常的例子。岭南之人，都喜欢吃醋和盐。但醋和盐，味道也只是酸和咸，除此之外，就没有别的味道。但在中原人看来，醋和盐只是调料，日常生活中离不开这两样，但也仅仅如此。原因很简单，醋和盐的味道过于单一，不够醇厚深远。而岭南之人，已经习惯了吃醋和盐，所以根本没有分辨与其他味道的差别。在司空图看来，味道要醇厚才算佳，仅仅是像醋和盐那样单一浅显显然不够。从诗歌创作的角度来说，要达到醇厚的韵味，才算佳作。

司空图著有《一鸣集》，但并没有留存下来。从现今留存的资料来看，司空图对他的一些诗句颇有信心，认为它们正好符合味外之味的论点。在他的诗作中，他对《独望》一诗最为自信。《独望》诗的原文为：

绿树连村暗，黄花出陌稀。

远陂春草绿，犹有水禽飞。

这首诗描绘的是诗人独自眺望的村外的美景。绿树成荫，陌上黄花开遍，远处的草地上春草翠绿，小河边还有水鸟翻飞。整首诗就像一幅画，呈现出和谐宁静的小村庄景象。从写物诗的角度看，这首诗描绘景物细致入微，算得上是一首好的写物诗。但如果用司空图自己的"美在咸酸之外"以及"味外之味"的审美标准来衡量，这首诗除了精于写景外，意境韵味还是有所欠缺。

苏轼对司空图的另一首诗也深有体会。这首诗现在只有残句，而这残句正是由于有苏轼等人的记录才流传下来。"棋声花院静，幡影石坛高"，虽然只有两句诗，但完美地展现了庭院的安静。庭院之中能够清楚地听到棋子落盘的声音，一方面是因为安静才使棋声清晰可闻，另一方面棋声又进一步凸显了庭院的安静。"幡影石坛高"，石幡的影子落在地上，更凸显了石坛的高度。苏轼还用自己去庐山白鹤观的亲身经历，来证明这首诗的描述之工。但这两句诗也仅仅是工巧而已，也谈不上有深远的韵味和意境。因此，苏轼评价这两句诗寒酸浅薄，有僧诗的姿态。

在苏轼看来，真正符合司空图所谓的"味外之味"的只有杜甫的诗。苏轼举了杜甫的两首诗为例。其一是杜甫的《倦夜》诗：

竹凉侵卧内，野月满庭隅。

重露成涓滴，稀星乍有无。

暗飞萤自照，水宿鸟相呼。

万事干戈里，空悲清夜徂。

诗人因为夜凉醒来，月光洒满庭院，重重露水化成涓涓细流，星星若有若无。不远处有萤火虫飞起，湖里的水鸟彼此相合。夜色清冷，作者想起国破山河碎，更加显得孤寂清凉。整首诗通过月明星稀、露水滴落、萤火虫飞起、水鸟呼唱和几个简单的景物描写，就展现了一幅清冷的夜色场景。从写景的角度而言，杜甫的这首诗写物精巧。如果仅仅这样，韵味意境仍然稍显不够。但诗人最后触景生情，从夜色的清冷想到家国的破碎，情景交融，韵味无穷。

苏轼认为，杜甫的才力远胜司空图，因此杜甫的诗歌才更符合司空图所说的"美在咸酸之外""味外之味"。而从苏轼所列举的杜甫的《倦夜》诗来看，苏轼所认同的"味外之味"，主要指诗歌创作中要做到写物抒情都恰到好处，情景交融，韵味无穷，这样才能传达出"味外之味"。

送参寥师①

欲令诗语妙，无厌空且静②。静故了群动③，空故纳万境。阅世走人间，观身卧云岭。咸酸杂众好④，中有至味永⑤。诗法不相妨，此语当更请。

注释

① 参寥师：见 P13 注释①。

② 无厌空且静：不厌恶空和静。

③ 静故了群动：虚静才能够了解万物的变化。群动：万物的变化。

④ 咸酸杂众好：以咸味、酸味夹杂在众多味道中。

⑤ 中有至味永：中间有极其隽永的韵味。

译文

要想令诗句巧妙，不要厌恶空和静。虚静才能够了解万物的变化，空明才能容纳万种境界。行走于人间来体验人生百态，栖身于云岭山脉。将咸味、酸味夹杂在众多味道中，其中会有着极其隽永的韵味。诗歌技法与佛法互不妨碍，这话更应当允许我说出来。

品读

本篇为苏轼《送参寥师》诗的后半部分。前半部分原文为：

> 上人学苦空，百念已灰冷。
>
> 剑头唯一吷，焦谷无新颖。
>
> 胡为逐吾辈，文字争蔚炳。
>
> 新诗如玉屑，出语便清警。
>
> 退之论草书，万事未尝屏。
>
> 忧愁不平气，一寓笔所骋。
>
> 颇怪浮屠人，视身如丘井。
>
> 颓然寄淡泊，谁与发豪猛？
>
> 细思乃不然，真巧非幻影。

诗篇前四句讲的是参寥佛师的修行。佛家人讲究一切皆空，苏轼认为，僧人追求空寂，是其本分，并不新奇，没什么值得大惊小怪的。接下来的四句，是对参寥上人诗歌创作的评价。"胡为逐吾辈，文字争蔚炳"，意思是说，上人是出家人，为何要学世俗读书人，追求诗歌的华美。"新诗如玉屑，出语便清警"，则是赞美参寥上人的新诗语句清醒深刻。"退之论草书，万事未尝屏。忧愁不平气，一寓笔所骋。"韩愈论述张旭的狂草，认为他的草书充分表明了他的为人，所有忧愁不平之气，都寄寓于草书之中。"颇怪浮屠人，视身如丘井。颓然寄淡泊，谁与发豪猛？"这里指出了韩愈的一个观点。韩愈在唐代是排佛的主将，他对佛教以及僧人都是持否定态度的。在韩愈看来，僧诗气度狭窄，气象淡泊、颓废。显然，对于佛教所谓的空寂、空无，韩愈是极不认同的。

然而，苏轼与佛教中人交好，他对佛教的很多观念十分认同。这一点，他与韩愈截然不同。本篇中，他对韩愈的观点表示反对，并借佛教的两个概念，提出了诗歌创作应提倡空和静。他明确提出"欲令诗语妙，无厌空且静"，要想让诗句精妙，必须做到空和静。

实际上，空和静讲的是诗人的创作心态。"静故了群动"，只有诗人保持虚静的状态，才能对万物的变化了然于心。"空故纳万境"，只有诗人心中保持空灵的心态，才能做到将人世间万种境界收纳于心。佛教强调空和静，要求修行之人保持一颗空灵之心，这样才能看破红尘，认识到世界的本质。在佛教看来，一切皆为虚幻，要想看破虚幻，自然需要空静的心态。禅宗要求修行之人打坐静心，也是为了达到空静的状态。

这里的空静，虽然主要是佛家的观念，但也与先秦以来的很多思想观念相合，尤其与道家的观念相近。不管是道家的虚静，还是佛家的空静，虽然都有唯心主义的成分，但文学创作应该处于一种宁静的心态之下，这点是毋庸置疑的。与佛家、道家不尽相同，苏轼对于空静的理解，有其特殊之处。实际上，苏轼的空静，必须要入世。所谓"阅世走人间，观身卧云岭"，实际上指的就是达到空和静的途径。"阅世走人间"，即在人间行走，实际上就是空的过程。因为"空故纳万境",只有空才能把握世间百态。"观身卧云岭",在山林侧卧反观自身,那就是静。因为"静故了群动",只有保持宁静的状态才能了解万物的变化。由此可见,"阅世走人间"与"观身卧云岭"正是苏轼空静观念的两个方面。

不仅如此,苏轼在这里仍然重提了司空图的滋味说。在他看来,只有"阅世走人间"与"观身卧云岭"之后,才能真正把握人生的滋味。所谓"咸酸杂众好,中有至味永",正是说尝遍人生百味后,才能领悟中间蕴含的"至味"。

显然,苏轼的空静观实际上已经跳出了佛家的设定,而赋予了其新的含义。在佛家那里,空静需要修行之人跳出红尘,超然世外。而苏轼的空静,则要体验人间百态。苏轼的空静观,要求诗人入世体验人间百态,并要像僧人一样静观自身,这样一动一静,个人与外在世界完美融合,才能创作出完美的诗歌。

宋人论诗,一向喜欢借用佛法禅理。苏轼提出的诗歌创作的空静观,虽然出自佛家,但又别出心裁,对这一概念进行新的阐发。这种以禅论诗是宋代流行的做法。苏轼的这一做法也开创了宋代以禅论诗的潮流,对后来的诗话、诗歌评论影响深远。

题渊明饮酒诗后①

　　"采菊东篱下，悠然见南山。"②因采菊而见山，境与意会，此句最有妙处。近岁俗本皆作"望南山"，则此一篇神气都索然矣③。古人用意深微④，而俗士率然妄以意改⑤，此最可疾⑥。近见新开韩柳集，多所刊定，失真者多矣。

注释

　　①题渊明饮酒诗后：陶渊明创作有多首《饮酒》，并将其编为《饮酒诗二十首》，并作有序。

　　②"采菊东篱下"句：出自陶渊明《饮酒》组诗第五首。原文为："结庐在人境，而无车马喧。问君何能尔？心远地自偏。采菊东篱下，悠然见南山。山气日夕佳，飞鸟相与还。此中有真意，欲辨已忘言。"

　　③则此一篇神气都索然矣：那么这一首诗的神气都毫无兴味了。

　　④古人用意深微：古人用意深奥微妙。深微：深奥微妙。

　　⑤而俗士率然妄以意改：而俗世之人轻率揣度其意，胡乱改动。率然：轻率的样子。

　　⑥此最可疾：这最可恨。

译文

　　"采菊东篱下，悠然见南山。"因为采摘菊花而看见山，情境与意境交会，这句诗最为精妙。近年俗世的刊本中都写作"望南山"，那么这一首诗的神气都毫无兴味了。古人用意深奥微妙，而俗世之人轻率揣度其意胡乱改动，这最可恨。最近见到新近刊印的韩愈、柳宗元的集子，多有勘正，失真之处太多。

品读

在中国的文学史中，东晋诗人陶渊明是一位伟大的诗人，被称为中国第一位田园诗人，"古今隐逸诗人之宗"。他的"采菊东篱下，悠然见南山"，更是人尽皆知。但在东晋，陶渊明名声不大，少有人知道他的大名。陶渊明一生仕途不显，仅仅做过几任小官，后来更是因"不为五斗米折腰"而辞官归隐。在当时的文人士大夫中，知道陶渊明的文人很少。陶渊明能有今天这么高的地位，在于后世文人对他的接受。正是由于这些文人对陶渊明的接受与传播，他才逐渐名声大震。而在这些文人中，苏轼的贡献最大。正是由于苏轼的大力宣扬，加上其文坛盟主的地位，使得陶渊明在宋代被广泛接受。

苏轼对陶渊明的接受，主要表现在两个方面。一个方面是对陶渊明文学成就与隐逸风格的肯定。这一点，苏轼之前的不少名人，都持类似态度，如唐代山水田园诗人的代表孟浩然、王维，都对陶渊明归隐田园的高洁之风十分赞赏。但陶渊明在宋代以前，主要是以隐逸人格为文人所知，他的文学成就并没有得到多大肯定。

到了宋代，很多文人开始逐渐意识到，陶渊明不仅有隐逸高洁的人格，他的文学成就也不可忽视。苏轼之前，他的老师欧阳修就评价道："晋无文章，唯陶渊明《归去来兮辞》。"在欧阳修看来，晋代没有好文章，只有陶渊明的《归去来兮辞》算得上是好文章，但还是没有提到陶渊明别的文学成就。到了苏轼，陶渊明的诗歌成就被空前重视。他将陶渊明的诗歌成就提到了跟前代著名诗人同等的地位。苏轼在《书黄子思诗集后》中，将曹植、刘桢、谢灵运视为魏晋南北朝诗人的代表，而将李白、杜甫视为千古诗人第一。而在这里，苏轼将陶渊明与这些诗人相提并论，足见苏轼对陶渊明的肯定。

除了对陶渊明人格和文学成就的肯定，苏轼对陶渊明接受的另一个方面，是模仿陶渊明的诗歌进行创作。苏轼对陶渊明的《饮酒》系列诗十分赞赏，他也因此写了大量追和陶渊明诗歌的诗，一共有109首，足见苏轼对陶渊明诗歌的喜爱。

苏轼在这篇文章中就提出了陶渊明诗歌接受与传播的一个常见的问题，也就是文献版本的勘误问题。中国古代文学史上，古代文献都有一个版本勘正的问题。尤其是很多文学作品的错误版本，反而因为广泛传播，代替了原先的版本。陶渊明饮酒诗中传播最广的"采菊东篱下，悠然见南山"，也出现了这种情况。

陶渊明虽然有文集流传，但那都是后人编辑的，不少作品真伪难辨。在苏轼之前，陶渊明的"采菊东篱下，悠然见南山"，版本上都是"采菊东篱下，悠然望南山"。陶渊明的文集最早是由梁代萧统编辑而成，在他的《文选》中也收录了陶渊明的诗，其中就有这首诗。萧统为陶渊明编的文集后来散轶了，但他的《文选》流传久远，陶渊明的这首诗也因此保存下来。唐代欧阳询所编的《艺文类聚》也保存了陶渊明的这两句诗。这两个版本中，陶渊明的这两句诗都是"采菊东篱下，悠然望南山"。可见，苏轼之前，陶渊明的这两句诗也普遍是"望南山"，而不是"见南山"。

　　然而，苏轼认为，陶渊明的原本应该是"采菊东篱下，悠然见南山"，"望南山"都是后人篡改的。在苏轼看来，之所以应该是"见南山"而不是"望南山"，是因为"见"比"望"更符合诗意。所谓"因采菊而见山，境与意会，此句最有妙处"，因为采菊而看见山，这种情境与意境最合适。但如果是因为采菊而望山，那就把意境全毁了。因为"望"字带有强烈的主观意愿，如果是"望南山"，就表明诗人在采菊的时候刻意抬头望山，完全没有那种洒脱悠然的意境。只有"见南山"，即诗人在采菊的时候不经意抬头，发现山在眼前，才具有悠然的意境。

　　苏轼以一个优秀诗人的眼光，发现了"采菊东篱下，悠然见南山"的妙处。也正是苏轼的这一发现，才有了"采菊东篱下，悠然见南山"这一千古名句。如果不是因为苏轼，陶渊明的这首诗或许就不会像现在这样流传广远。

题柳子厚诗①

诗须要有为而作，用事当以故为新②，以俗为雅。好奇务新③，乃诗之病。柳子厚晚年诗极似陶渊明，知诗病者也。

注释

① 柳子厚：柳宗元（773—819），字子厚，人称柳河东、河东先生，也因其官柳州刺史，又称"柳柳州"，河东（现在山西芮城、运城一带）人。唐德宗贞元九年（793），柳宗元进士及第，历官校书郎、监察御史里行、柳州刺史等。柳宗元是唐代著名的文学家，是唐代古文运动的干将，也是"唐宋八大家"之一，文章与韩愈并称"韩柳"，诗歌与刘禹锡并称"刘柳"。

② 用事当以故为新：用典当以故典来形成新意。用事：引用典故。

③ 好奇务新：喜好奇特追求新奇。好：喜好。务：追求。

译文

诗歌创作要有所为而作，引用典故也应当使用以前的典故形成新意，以世俗为高雅。喜好奇特，追求新奇，这是诗歌创作之病。柳子厚晚年创作的诗歌十分像陶渊明，这是知道诗歌创作之病的人。

品读

本篇是苏轼对柳宗元诗的评论。在对柳宗元诗歌的评论中，苏轼提出了三个诗歌创作的要点："有为而作""以故为新""以俗为雅"。这几点既是诗歌创作的技巧，也是苏轼的诗学观念。不仅如此，苏轼在这篇文章中提出的三点主张，也是后来的江西诗派的诗学主张。这些都是苏轼长期创作诗歌以及对诗歌研究的结果，而他提出的这些主张，也为后来的学诗之人指明了诗歌创作的方向。

"有为而作"是儒家传统的诗学观念，在苏轼之前，众多的文人都对这一观点进行了阐述。在儒家思想体系中，立德、立功、立言是中国古代士人追求的不朽事业。在这三不朽中，立言是排在最后的。儒家追求入世，要求士人实现修身齐家治国平天下的人生理想。在这一建功立业的中心之下，士人所有的行为都是围绕这一点进行的。士人为人处世、投身仕途，都必须有所为。不仅如此，士人说话和写文章都必须有所为。也就是说，士人写文章，都是为了表述其人生理想，而不是无病呻吟，为写文章而写文章。如此，文学创作上可以论述国政，下可以教化百姓，在社会体系中发挥无可替代的作用。因此，古代才有文章是"经国之大业，不朽之盛事"这样的观点。有为而作，就是文章内容要充实，要针对现实，不能流于形式。

"以故为新"是苏轼提出来的新主张，而这也是苏轼在诗歌创作上求新求变的一个表现。所谓以故为新，在苏轼这里主要是指用以前的典故，但赋予它新的含义，从而在诗歌创作中达到创新的目的。但苏轼提出这一点后，逐渐就跳出了典故的范畴，慢慢演变成诗歌语言等形式层面的以故为新。对于典故的以故为新，苏轼就在很多诗中实践了这一点，如在苏轼的诗中，多次引用了西施的典故。比如他的《饮湖上初晴后雨》中有两句"欲把西湖比西子，淡妆浓抹总相宜"，借用西施这一典故，但用西施来比西湖，用湖景比美人，却用出了新意。这一创新，使《饮湖上初晴后雨》流传久远，最终成为千古名篇。

"以俗为雅"也是苏轼在本篇提出的一个新主张。所谓以俗为雅，也就是将世俗赋予新意，让世俗变成高雅。这一点主要表现在语言的使用等方面。以故为新、以俗为雅，这两个主张后来成为江西诗派的经典理论主张。江西诗派的开派宗师黄庭坚在《再次韵杨明叔并序》中说："盖以俗为雅，以故为新，百战百胜……此诗人之奇也。"这里已经将苏轼所主张的以故为新、以俗为雅，列为诗歌创作的两大法宝。江西诗派的主将陈师道也在《后山诗话》中转述梅圣俞的话说："子诗诚工，但未能以故为新，以俗为雅尔。"如果不能做到以故为新、以俗为雅，那么诗歌即使写得再工巧，也算不上好诗。

诗歌创作中的以故为新、以俗为雅，不仅是江西诗派的主要理论主张，而且也是江西诗派诗歌创作的主要特色。这样的例子在江西诗派的诗歌中比比皆是。比如黄庭坚著名的诗歌《登快阁》：

> 痴儿了却公家事，快阁东西倚晚晴。
>
> 落木千山天远大，澄江一道月分明。
>
> 朱弦已为佳人绝，青眼聊因美酒横。

万里归船弄长笛，此心吾与白鸥盟。

其中，"痴儿了却公家事"，这里的"痴儿""公家"等都是很世俗的说法，但用在这首诗中，就是以俗为雅。本来，整首诗是讲述诗人公务忙完之后登上快阁，观赏江景，这是文人的风雅之事。但他偏偏开头就借用了世俗的说法，既是世俗之人，又行文雅之事，俗中生雅，整个风格显得轻松自在。这就是以俗为雅的做法。"朱弦已为佳人绝，青眼聊因美酒横"，则连用了两个典故，"朱弦"是用了伯牙、钟子期的典故，"青眼"则用了魏晋诗人阮籍对欣赏之人青眼、对鄙视之人则白眼以对的典故，但在这里，黄庭坚用这两个典故都赋予了新意。在典故中，朱弦断是因为钟子期死后，伯牙摔断琴弦，而到了黄庭坚这首诗里，变成了因为佳人而断绝。在典故中，阮籍翻青眼和白眼，都是对人的评价，但在黄庭坚这里，诗人青眼有加则是因为美酒。正是因为这种典故上的以故为新，为整首诗带来了轻松活泼的氛围。

可以说，有为而作、以故为新、以俗为雅，这三个理论主张，不仅丰富了苏轼的诗学理论，也为后来的江西诗派指明了诗歌创作的方向。而且这三大主张，都具有很强的操作性，切实可用，对诗歌创作者和初学写诗者有很强的指导作用。也因此，苏轼的这些主张对后世影响深远。

答陈师仲书①

诗文皆奇丽②，所寄不齐，而皆归合于大道，轼又何言者。……诗能穷人，所从来尚矣③，而于轼特甚。今天下独不信，建言诗不能穷人，为之益力。其诗日已工，其穷殆未可量，然亦在所用而已。

注释

① 陈师仲：字传道，彭城（今江苏徐州）人。陈师仲是北宋著名诗人陈师道之兄。宋神宗熙宁十年（1077），陈师仲、陈师道兄弟二人与苏轼相识，并由此开始交往。陈师仲与苏轼的交往，除了诗文书信往来外，最重要的是他为苏轼编辑集子。

② 诗文皆奇丽：诗文都奇伟壮丽。奇丽：奇伟壮丽。

③ 所从来尚矣：从来久远了。尚：古，久远。

译文

你的诗文都奇伟壮丽，寄来的诗文不齐，但都与儒家大道相合，我又怎么评论呢。……诗歌能使诗人穷困，这种现象已经十分久远了，而这一点对于我来说表现特别突出。现在天下人都不信，纷纷建言说诗歌不能使诗人穷困，因而更加用力地写诗。他们的诗歌日益工巧，是否穷困无法估量，但他们创作诗歌也仅仅是希望能对仕途有所作用而已。

品读

在中国古代文学史上，有一个著名的观点，那就是"诗穷而后工"。"诗穷而后工"是指文人越是穷困不得志，诗文就写得越好。在本篇中，苏轼就坚持这一观点。他认为，文学创作劳心耗神，让人未老先衰，不仅如此，文学创作还容易得罪人，这些都是文学创作带来的后果。文学创作要想传达出自然外物的规律本来就很难，对诗人本身又会带来如此多的后果，想不使创作者穷困都做不到。这显然是苏轼的切身体会。

苏轼一直到晚年，多次被贬后，才在亲朋的劝告下，慢慢减少文学创作。文学创作让苏轼走上宋代文坛并主盟文坛，可以说天下无人不识。但文学创作带给他无限荣耀的同时，也给他惹下了泼天大祸，不仅因诗文被诬下狱，还差点被砍了头。不仅如此，苏轼的仕途起起伏伏，大部分时间都穷困潦倒，都与其诗文创作密切相关。他的诗文创作在让众人交口称赞的同时，也得罪了很多权贵。因此，苏轼在自己的切身体会的基础上，提出了"诗能穷人"的观点。

当然，苏轼的这一观点是承继前人经验总结尤其是他的老师欧阳修的观点而来。早在汉代，司马迁在总结文学创作经验的时候就说：

盖西伯拘而演《周易》；仲尼厄而作《春秋》；屈原放逐，乃赋《离骚》；左丘失明，厥有《国语》；孙子膑脚，《兵法》修列；不韦迁蜀，世传《吕览》；韩非囚秦，《说难》《孤愤》。《诗》三百篇，大抵贤圣发愤之所为作也。此人皆意有所郁结，不得通其道，故述往事，思来者。

这就是司马迁著名的"发愤著书"说。在司马迁看来，《周易》的诞生，是因为周文王被商纣王羁押；《春秋》的产生，是因为孔子不得志；《离骚》的出现，是因为屈原被放逐；《国语》的完成，也是因为左丘明失明；《孙子兵法》的产生，也是因为孙膑被砍了双脚；《吕氏春秋》的诞生，也是在吕不韦被流放到蜀地之后；韩非子被秦国囚禁，因此写出了《说难》《孤愤》。《诗经》三百篇也大多是诗人发愤的作品。不仅如此，司马迁在这篇《报任安书》中还分析了产生这些千古名著的原因。这是因为作者在生活中遭遇到了不幸，心中郁结，只好通过文字来宣泄。这一说法道出了文学创作中普遍存在的现象，对后世影响深远。

司马迁的"发愤著书"说激起了后世无数文学家的回应。唐代就有多位作家对这一观点表示赞同。杜甫在《天末怀李白》中说："文章憎命达，魑魅喜人过。"韩愈在《荆潭唱和集序》中说："欢愉之辞难工，而穷苦之言易好。"到了欧阳修，则进一步对这个现象进行了深入分析，提出了"诗穷而后工"说。

当然，说诗能穷人，也不完全适用于所有文人。文学史上就有很多文人因为一首诗、一篇文章得到名人的赏识而天下知名。唐朝大诗人白居易，初到长安时，携诗去投见著作郎顾况。这首诗就是著名的《草》："离离原上草，一岁一枯荣。野火烧不尽，春风吹又生。远芳侵古道，晴翠接荒城。又送王孙去，萋萋满别情。"顾况是个很诙谐的人，一听说来投见的年轻人名叫白居易，便开玩笑说："长安米贵，居大不易。"当他看到"野火烧不尽，春风吹又生"一句时，兴奋地说："有此大才，居有何难！"于是，重整衣冠相见，将白居易拜为上座。白居易的名字从此在长安城中流传开来。在宋代，一旦得到名人的赏识，就会得到名人的举荐，甚至可以不用科举，就可以得到官职。苏轼的父亲就是因为向欧阳修推荐自己，从而得到欧阳修的赏识，被欧阳修推荐而得官的。

《鳧绎先生诗集》叙①

　　昔吾先君适京师②，与卿士大夫游，归以语轼曰："自今以往，文章其日工，而道将散矣③。士慕远而忽近，贵华而贱实，吾已见其兆矣。"以鲁人鳧绎先生之诗文十余篇示轼曰："小子④识之，后数十年，天下无复为斯文者也。"先生之诗文，皆有为而作，精悍确苦⑤，言必中当世之过，凿凿乎如五谷必可以疗饥⑥，断断乎如药石必可以伐病⑦。其游谈以为高，枝词以为观美者⑧，先生无一言焉。

注释

　　① 本文是苏轼为鳧绎先生的诗集写的序。鳧绎先生：颜太初，宋代诗人，字醇之，彭城（今江苏徐州）人。进士及第后，官至国子监说书。据《宋史·文苑四》所载，颜太初是颜回的第四十七世孙，因其居住在鳧、绎两山之间，号鳧绎处士。

　　② 先君：去世的父亲，指苏轼的父亲苏洵。苏洵曾于宋仁宗庆历五年（1045）游学京师。

　　③ "自今以往"句：从今以后，文章将越来越精巧，但大道将日益散失。

　　④ 小子：长辈对晚辈、父亲对儿子的称呼。

⑤ 精悍确苦：精到犀利、竭力坚持。确苦：竭力坚持。

⑥ 凿凿：确实。《聊斋志异·段氏》："言之凿凿，确可信据。"

⑦ 断断乎如药石必可以伐病：如同药物可以治病一样确实无疑。断断：确实无疑。药石：药物的总称。伐病：治病。

⑧ 游谈：虚浮不实的言谈。枝词：指无关要旨或浮华的言辞。

译文

以前我父亲到京师，与文人士大夫交游，回来之后对我说："从今以后，文章将越来越精巧，但大道将日益散失。士人好高骛远，华而不实，我已经看到这种征兆了。"父亲拿颜太初先生的十多篇诗文给我看，说："你要知道，往后的几十年里，天下再没有写这样文章的人了。"先生的诗文，都是为了现实而作，精到犀利、竭力坚持，言辞必定切中当世的弊病，如同食物可以充饥、药物可以治病一样确实无疑。那种以浮夸之言为高妙，以浮华之文辞为美的文章，凫绎先生从来不作。

品读

苏轼在《题柳子厚诗》中提出了诗歌创作的三大主张："有为而作""以故为新""以俗为雅"。在本篇中，苏轼对"有为而作"进行了比较详细的解释。

苏轼的很多文学观念都是受到其父苏洵的影响，"有为而作"这一观念也是如此。欧阳修在《荐布衣苏洵状》中对苏洵的文章这样评价道："文章不为空言而期于有用。"所谓"期于有用"，也就是希望文章能对当下的现实有所作用。而苏轼的"有为而作",正是看到了现实才为文,并期望文学创作能对现实有所作为。

在本篇中,苏轼更是明确交代,他的"有为而作"观念就是从父亲苏洵那里继承而来的。苏洵在参加科考之时,带着苏轼和苏辙一起前往京城游学。苏洵在这一时期认识了很多文人,其中就有颜太初。他回家之后,拿着颜太初的诗文给苏轼看,并对当下的文风表示了忧虑。在他看来,当下的文风一味追求文章技巧,却放弃了传统士大夫所追求的道义。所谓"士慕远而忽近,贵华而贱实",说的正是这种情形。然而,当时的有识之士在这样的风气之下,仍然坚持儒家传统的文学观念,坚持自己的创作风格。颜太初就是这样的文人。苏洵认为,在今后的几十年里,像颜太初这样的文人会越来越少。

苏轼在研究颜太初诗文的基础上,提出了"有为而作"这一著名的文学观念。在评论颜太初诗文风格的过程中,苏轼从两个方面对"有为而作"进行了解释。一方面,也是最主要的方面,就是文章的内容要"言必中当世之过",针对现实发言,有矫正时弊之现实关怀。这就要求作者胸怀天下,有爱国爱民之心,这也是儒家士人追求修身齐家治国平天下的表现。只有这样,才能对现实有所感悟,进而有感于心,自然而然地创作出内容充实的文章。另一方面,是对形式的要求。苏轼认为,"其游谈以为高,枝词以为观美者,先生无一言焉",对于浮夸之言、华美的文辞,颜太初是不屑为之的。也就是说，"有为而作"要求抛弃那种追求形式华美、空洞的美学观念，这也就是苏轼在很多文章里宣扬的"辞达"观念。文辞平易自然即可，不需要浮夸、华丽的文辞与表现形式。

苏洵通过对颜太初诗文的肯定，对当时追求华丽、浮夸的文风进行了批评。苏轼则通过对颜太初诗文的分析，不仅提出了"有为而作"的文学观念，还对当时"游谈以为高，枝词以为观美"的文风进行了批评。苏轼通过对"有为而作"文学观念的提倡，试图矫正当时的文风，这种做法与其父苏洵、其师欧阳修的一贯主张是一脉相承的。欧阳修提倡古文，反对当时流行的"时文"，并通过主持嘉祐二年的进士科考，来扭转当时的文风，使他倡导的古文逐渐成为文坛主流。苏轼继欧阳修之后主盟文坛，也力图通过"有为而作""辞达"等文学观念的大力倡导，来纠正当时一味追求形式、不注重内容的文风。

《王定国诗集》叙① （节选）

太史公论《诗》②，以为"《国风》好色而不淫，《小雅》怨悱而不乱"③。以余观之，是特识变风、变雅尔，乌睹《诗》之正乎？④昔先王之泽衰，然后变风发乎情；虽衰而未竭，是以犹止于礼义，以为贤于无所止者而已⑤。若夫发于情止于忠孝者，其诗岂可同日而语哉！⑥古今诗人众矣，而杜子美为首，岂非以其流落饥寒，终身不用，而一饭未尝忘君也欤？

注释

① 本文是苏轼为王巩诗集所写的序。王巩，生卒年不详，字定国，自号清虚先生，宰相王旦之孙。王巩与苏轼交游，关系密切。宋神宗元丰二年（1079），发生了宋代历史上有名的"乌台诗案"，苏轼被贬黄州团练副使，其一众亲朋好友也受牵累，王巩也因此被贬宾州（今广西宾阳）。

② 太史公：西汉武帝时期设立的官职名称，主管史书的撰写，司马迁及其父亲都曾任这一官职，这里指司马迁。司马迁在其撰写的《史记》中常常借"太史公"之名发表评论，因此后人也将司马迁称为太史公。

③ 司马迁此句出自《史记·屈原贾生列传》："国风好色而不淫，小雅怨悱而不乱。若离骚者，可谓兼之矣。"

④ "以余观之"句：以我看来，这不过是对变风、变雅的认识，哪里看到了《诗经》中的正风、正雅之作呢？"正风""正雅"是指西周王朝兴盛时期的作品，而"变风""变雅"是指西周王朝衰落时期的作品。

⑤ "昔先王之泽衰"句：从前周王恩泽衰微，所以变风中的诗歌就从人情中发生了；虽然恩泽衰微但并未衰竭，因此变风、变雅的诗歌仍然以礼义为宗旨，认为贤德并没有终止。

⑥ "若夫发于情止于忠孝者"句：像那些由本性生发出来而又以忠义为旨归的诗作，变风、变雅之作怎么能跟它们同日而语呢！

译文

司马迁评论《诗经》，认为"《诗经·国风》虽然有许多描写男女恋情之作，但并不显得淫乱；《诗经·小雅》虽然表达了百姓对朝政的怨愤，但并没有反叛之心"。以我看来，这不过是对变风、变雅的认识，哪里看到了《诗经》中的正风、正雅之作呢？从前周王恩泽衰微，所以变风中的诗歌就从人情中发生了；虽然恩泽衰微但并未衰竭，变风、变雅的诗歌仍然以礼义为宗旨，认为贤德并没有终止。像那些由本性生发出来而又以忠义为旨归的诗作，变风、变雅之作怎么能跟它们同日而语呢！古今诗人众多，杜甫可以排第一，难道不是因为他颠沛流离、饥寒交迫，终身不被重用，但他却每餐饭都不曾忘记报效君王吗？

品读

宋神宗元丰二年（1079）"乌台诗案"后，苏轼虽然免遭杀身之祸，但也被远贬黄州。受"乌台诗案"的牵累，苏轼的诸多亲朋好友纷纷被贬。时任秘书省正字的王巩因为与苏轼交往密切，被贬到宾州（今广西宾阳）去监督盐酒税务。在受"乌台诗案"牵连的人中，王巩被贬最远，也最惨。"一子死贬所，一子死于家，定国亦几病死"，两个儿子因此去世，王巩自己也差点病死。苏轼对此十分心痛和内疚，他在很多书信和诗中都表达了这种情绪。

本篇即为苏轼为王巩诗集所作的序。在被贬期间，苏轼与王巩在多次书信往来中，除了谈及二人的养生之道，就是论及诗歌创作并作诗歌相和。王巩从广西宾州回到江西后，将他在宾州被贬期间所写的几百首诗都寄给了苏轼。

王巩虽然受苏轼牵连被贬，家庭发生重大变故，但他依然保持乐观平和的心态。苏轼用孔子的"不怨天，不尤人"来评价他的状态。不怨恨苏轼，也不怪朝廷，更加不会埋怨老天。这种积极乐观的心态，令他的诗歌创作很少有不得志者常见的抑郁、怨愤，诗歌风格"皆清平丰融，蔼然有治世之音"，还是跟得志者一样，所写的诗歌重在展现盛世的状态与风貌。当然，"幽忧愤叹之作，盖亦有之矣"，他的少数幽忧愤叹的诗歌，并不是为个人的遭遇而怨愤，而是担心自己死在宾州，不能为国家效力，不能为君王效劳，会有辱祖父王旦和父亲的名声。不仅如此，苏轼在本文中还将王巩与李白相提并论，足见其诗风的乐观洒脱。

正因如此，苏轼认为王巩的诗歌创作有古人之风。在先秦时期，孔子就为诗歌创作定下了被后人奉为金科玉律的规则。他在《论语·八佾》中说：

"《关雎》乐而不淫，哀而不伤。"作为《诗经》的第一篇，《关雎》在今天的文学史和普通人的观念中，都是一首典型的爱情诗。但在孔子看来，这首诗并不是爱情诗，思想感情中庸，展现的感情快乐而不过分，悲哀而不忧伤。这个思想后来被司马迁在《史记·屈原列传》中引申为"《国风》好色而不淫，《小雅》怨悱而不乱"。他认为，《诗经》中的《国风》部分虽然有许多描写男女恋情之作，但并不显得淫乱；《小雅》部分虽然表达了百姓对朝政的怨愤，但并没有反叛之心。苏轼认为，这是因为古人的诗歌不论题材和思想内容，都遵循中庸之道，遵守礼义道德的标准。显然，王巩的诗歌就是这个样子。

不仅如此，苏轼还将王巩比为杜甫，因为杜甫与王巩有同样的境遇，同样的情怀。尽管身处下位，远离朝廷，而且历经颠沛流离、家国破碎之苦，但杜甫一直不忘忠君爱国。苏轼认为，"古今诗人众矣，而杜子美为首，岂非以其流落饥寒，终身不用，而一饭未尝忘君也欤"。他将杜甫推为古今诗人之首，正是因为杜甫这种时刻不忘忠君爱国之心。苏轼对杜甫的这个评价，得到了后人及文学史的认同。

书《黄子思诗集》后^①（节选）

至于诗亦然，苏李之天成^②，曹刘之自得^③，陶谢之超然^④，盖亦至矣。而李太白、杜子美^⑤，以英玮绝世之姿^⑥，凌跨百代，古今诗人尽废^⑦。然魏晋以来，高风绝尘^⑧，亦少衰矣^⑨。李杜之后，诗人继作，虽间有远韵^⑩，而才不逮意，独韦应物、柳宗元，发纤秾于简古^⑪，寄至味于澹泊^⑫，非余子所及也^⑬。唐末司空图^⑭……其论诗曰：“梅止于酸，盐止于咸，饮食不可无盐、梅，而其美常在咸酸之外。”^⑮……信乎表圣之言，美在咸酸之外，可以一唱而三叹也。

注释

① 黄子思：黄孝先，字子思，浦城（今福建浦城）人。宋仁宗天圣二年（1024）进士，历官太常博士、石州通判。

② 苏李之天成：苏武、李陵的诗浑然天成。苏李：苏武和李陵。苏武（前 140—前 60）：字子卿，杜陵（今陕西西安）人，苏建之子。汉武帝天汉元年（前 100）奉命出使匈奴，被扣留。面对匈奴贵族的威逼利诱，始终坚贞不屈，牧羊十九年，

9

8东坡诗话

至昭帝始元六年（前81）才获准返回大汉。李陵（前134—前74）：字少卿，陇西（今甘肃天水）人，西汉名将李广之孙。汉武帝天汉二年（前99），李陵奉命统率五千兵士出征匈奴，被八万匈奴兵围困，最终寡不敌众，兵败投降。苏武、李陵二人都是西汉著名诗人。

③ 曹刘之自得：曹植、刘桢的诗悠然自得。曹刘：曹植与刘桢。曹植（192—232）：字子建，沛国谯县（今安徽亳州）人，曹操第三子，封为陈王，谥号"思"，因此又称"陈思王"。曹植是建安文学的代表人物，曹魏时期著名的文学家。刘桢（186—217）：字公干，东平宁阳（今山东东平）人，东汉末期至魏晋时期的著名诗人，他与孔融、陈琳、王粲、徐干、阮瑀、应场并称"建安七子"。

④ 陶谢之超然：陶渊明和谢灵运的诗自然超脱。超然：指意境与语句自然、超脱。

⑤ 李太白、杜子美：李白和杜甫。

⑥ 以英玮绝世之姿：以举世无双的姿态。英玮：美玉，以美玉比喻美好、杰出。绝世：举世无双。

⑦ 古今诗人尽废：古今诗人都相形见绌。

⑧ 高风绝尘：高洁的风度与超然出世的韵致。

⑨ 亦少衰矣：也渐渐地衰落了。

⑩ 间有远韵：间或有高远的韵味。

⑪ 发纤秾于简古：在简朴古雅之中抒发纤细浓郁的感情。纤秾：纤细浓郁。

⑫ 寄至味于澹泊：在恬静澹泊之中寄托深厚的意味。

⑬ 非余子所及也：不是其余的诗人所能达到的。

⑭ 司空图：见P12①。

⑮ "其论诗曰"句：司空图的这句话出自其《与李生论诗书》中。原文为："文之难，而诗尤难。古今之喻多矣，而愚以为辨味而后可以言诗也。江岭之南，凡足资于适口者，若醯非不酸也，止于酸而已；若醝非不咸也，止于咸而已。中华之人所以充饥而遽辍者，知其咸酸之外，醇美者有所乏耳。彼江岭

人生到处知何似，应似飞鸿踏雪泥。

泥上偶然留指爪，鸿飞那复计东西。

老僧已死成新塔，坏壁无由见旧题。

往日崎岖还记否，路长人困蹇驴嘶。

苏轼（宋）　和子由渑池怀旧

之人，习之而不辨也，宜哉。"

译文

至于诗歌也是如此。苏武、李陵的诗浑然天成，曹植、刘桢的诗悠然自得，陶渊明、谢灵运的诗自然超脱，大概都达到了诗的极致。而李白、杜甫，以举世无双的姿态，超越百代，古今诗人没有谁比得上。然而魏晋以来，高洁的风度与超然出世的韵致，也渐渐地衰落了。李白杜甫之后，诗人相继有作品，虽然间或有高远的韵味，但才干不足以表达诗意，唯独韦应物、柳宗元，在简朴古雅之中抒发纤细浓郁的感情，在恬静澹泊之中寄托深厚的意味，非其余的诗人所能及。唐末的司空图……他论诗说："梅子止于酸味，盐止于咸味，饮食之中不能没有盐、梅，而盐和梅子的美味常常在咸味和酸味之外。"……司空图说美在咸酸之外，可以一唱三叹。

品读

本文是苏轼为《黄子思诗集》写的序文。与苏轼为范仲淹、欧阳修的文集所写的序不同，苏轼在这篇序文的最后才提及黄子思的诗歌。可见，作者地位与艺术成就不一样，苏轼为文集写序的方式也不一样。苏轼的这篇序文，在中国古代文论史上十分有名。在这篇文章中，苏轼提出了他对诗歌创作的观点——"美在咸酸之外"。这个观点由晚唐诗人司空图提出，但一直到苏轼才为世人熟知，并对后世影响深远。

文章开篇，以书法论诗，继而梳理了从汉代到唐末的诗歌发展历史。在他梳理的诗歌史中，那些优秀的诗歌，也都具备"美在咸酸之外"的艺术风格。

在苏轼看来，汉代只有两个诗人，那就是苏武、李陵。实际上，虽然苏武和李陵在今天的文学史上没有留下多少踪迹，但在古人眼中，苏武和李陵就是汉代诗歌的代表，也是诗歌史上著名的诗人。如南宋严羽《沧浪诗话·诗辨》中说："先须熟读《楚辞》，朝夕讽咏，以为之本；及读《古诗十九首》，乐府四篇，李陵、苏武、汉、魏五言皆须熟读。"在严羽看来，要想学写诗，必须先要读诗，熟读从先秦《楚辞》以来的经典，汉代的诗歌则要读《古诗十九首》、汉乐府及李陵、苏武以及汉、魏的五言诗等等。而张戒的《岁寒堂诗话》在汉代也只提及古诗、苏武和李陵。从这个意义上说，苏武、李陵就是汉代诗歌的典型代表。

苏轼对于苏武、李陵的评价，是"天成"。没有人工雕琢的痕迹，浑然天成。张戒在《岁寒堂诗话》中也说："古诗、苏、李、曹、刘、陶、阮本不期于咏物，而咏物之工，卓然天成，不可复及。"其中的苏、李，就是指苏武、李陵。在张戒看来，苏武、李陵等人的诗歌虽然不是主动描绘事物，但自然而然就描绘得精巧，这就是自然天成，也就是苏轼所说的"苏李之天成"。

对于魏晋南北朝诗歌，苏轼提及的诗人是曹植、刘桢、陶渊明和谢灵运。这四位诗人作为魏晋南北朝诗人的代表，也为后来的诗论家所公认。按照苏轼的评价，曹植、刘桢的艺术风格是"自得"，陶渊

中编 东坡诗论 | 101

明、谢灵运的艺术风格是"超然"。实际上，不管是
"天成"，还是"自得""超然"，都是"美在咸酸之
外"的表现形式。这一点，可以从苏武、李陵、曹
植、刘桢、陶渊明和谢灵运六位诗人的诗作中看出
来。比如六位诗人中，最具自然天成风格的陶渊明，
他的很多诗就超然尘外，韵味悠远，充分体现了
"美在诗外"这一审美特质。如陶渊明最负盛名的诗
作《饮酒》其五：

> 结庐在人境，而无车马喧。
>
> 问君何能尔？心远地自偏。
>
> 采菊东篱下，悠然见南山。
>
> 山气日夕佳，飞鸟相与还。
>
> 此中有真意，欲辨已忘言。

这首诗开头四句就表明了诗人的隐士心境。中
间四句则描绘了一幅悠然自得的景象：诗人在东篱
边采摘菊花，悠然抬头，南山近在眼前。夕阳西下，
山中云雾升起，飞鸟纷纷归巢。最后一句表达了诗
人的感叹。面对这种美景，诗人想要说些什么，但
明明好像把握了其中的真意，又无法明确说出来。
整首诗无论描绘景物还是书写心境，都比较简单，
但在简单诗句之外，却蕴含无法言说的韵味。文辞
简单，却意境悠远，这就是"天成"、"自得"、"超
然"，也就是"美在咸酸之外"。

唐代诗歌在苏轼那里的代表，只有四位诗人。
李白、杜甫当之无愧是唐代诗歌的巅峰。苏轼对李
白、杜甫的评价是："英玮绝世之姿，凌跨百代，古
今诗人尽废。"可以称得上前无古人，后无来者。苏

轼将李白、杜甫推为千古诗人之首，他们的诗歌也毫无疑问是"美在咸酸之外"的代表。但在苏轼眼里，唐代诗人除了千古诗人之巅峰的李白、杜甫，就只有韦应物和柳宗元。他对韦应物、柳宗元诗歌的评价是："发纤秾于简古，寄至味于澹泊。"这个评价也是后来影响深远的评语。

所谓"发纤秾于简古，寄至味于澹泊"，是在简朴古雅之中抒发纤细浓郁的感情，在恬静澹泊之中寄托深厚的意味。相比前面所说的"天成"、"自得"、"超然"，"发纤秾于简古，寄至味于澹泊"对"美在咸酸之外"的解释更为详细，也更为明确。将纤细浓郁的感情蕴含在简朴古雅的形式之中，恬静澹泊的意境之中还蕴含深厚的意味，不管是简朴古雅的形式还是恬静澹泊的意境，都是一首诗歌所展现出来的外在美，但在这之外，还蕴含着纤细浓郁的感情、深厚的意味这些内在美。所谓"美在咸酸之外"，就在于从外在形式美中品味出纤细浓郁的感情以及深厚的意味。

所谓"美在咸酸之外"，是指诗句语言表现出来的形式美，只是诗歌艺术美的一个方面，但对于诗歌创作和诗歌鉴赏而言，更应该注重诗句形式美背后蕴含的意味。诗歌应该言有尽而意无穷，诗歌创作传达言外之意、韵外之致，才是"美在咸酸之外"。

渊明非达①

陶渊明作《无弦琴》诗云：但得琴中趣，何劳弦上声。②苏子曰：渊明非达者也。五音六律③，不害为达④，苟为不然，无琴可也，何独弦乎？

注释

① 渊明非达：陶渊明不通达。达：通达。

② 陶渊明的《无弦琴》这首诗，流传下来的只有这两句。陶渊明作《无弦琴》诗，在魏晋史书中都有相关记载。沈约《宋书》卷九十三《陶潜传》记载："潜不解音声，而畜素琴一张，无弦，每有酒适，辄抚弄以寄其意。"萧统《陶渊明传》也说："渊明不解音律，而畜无弦琴一张，每适酒，辄抚弄以寄其意。"

③ 五音六律：泛指音乐。五音：宫、商、角、徵、羽。六律：古代音律十二律中的六个阳律。

④ 不害为达：不妨害就是通达。不害：不妨害。

译文

陶渊明写的《无弦琴》诗中说："只要能得到琴中的乐趣，何必听到琴弦的声音呢！"我说：陶渊明不是通达之人。音乐只要没有妨害就算通达，如果不是这样，没有琴就可以了，何必独独没有琴弦呢？

品读

苏轼对陶渊明的气节与诗歌都十分欣赏，不仅按照陶渊明《饮酒》诗系列的体例创作了同样的诗歌样式，还在多篇文章中点评了陶渊明的诗歌创作风格，并将他推上了第一流诗人的高位。本则诗话是对陶渊明的一件轶事的点评。而这也是诗话最常见的形式，对诗人的诗歌创作、为人处世、生活点滴、流传故事等予以点评。

关于陶渊明，流传最广的自然是不为五斗米折腰而辞官归隐的故事。但在魏晋南北朝文人中，也流传有陶渊明不懂音律，却喜欢抚弄没有琴弦的琴的故事。沈约《宋书·陶潜传》、萧统《陶渊明传》都记载了这个故事。这两个故事中，陶渊明不懂音律，但家里还是摆了一张琴，只是没有琴弦，每次喝了酒，陶渊明就会抚弄这个没有琴弦的琴，来抒发自己的情感。

如果放在今天的情境看，陶渊明的这个行为就有点疯疯癫癫的感觉。没有琴弦，怎么弹琴呢？但在魏晋那个时代，陶渊明的这个行为是文人雅士表达自己文采风流、个性独特的一种方式。魏晋南北朝时期，文人古怪的行为比比皆是。比如著名的王子猷雪夜访友。王子猷雪夜去拜访好友戴安道，坐船坐了一宿，结果走到好友门前的时候，他又返回了。别人问他为何过好友家门而不入，他说："我本来就是乘兴而来，尽兴而归，何必要见他呢！"这就是魏晋南北朝文人的率性。他们不会在乎世俗的看法，率性而为。陶渊明这里的行为，显然也是如此。不懂音律，并不妨碍陶渊明通过手上的动作想象音乐的意境。

苏轼对沈约《宋书·陶潜传》、萧统《陶渊明传》的这一记载表示了异议。他在《渊明无弦琴》中专门讨论了陶渊明为什么会抚弄空弦。他认为，以前认为陶渊明不懂音律而抚弄空弦，这是错误的。陶渊明自己都说过"和以七弦"，明显就是懂音律。唯一的可能就是，那天他的琴弦坏了，还没有换上新的，陶渊明只好抚弄空弦来表达情感。

本则诗话也是对陶渊明抚弄无弦琴的评论。陶渊明《无弦琴》诗中说："只要能得到琴中的乐趣，何必听到琴弦的声音呢!"苏轼认为，陶渊明的这种看法还不够通达。真正通达的话，不仅不要琴弦，连琴都不需要，只要心中有音乐就可以了。

苏轼在本篇中要表达的不是对陶渊明的批评，而是借点评陶渊明的行为，传达出一种超脱的人生观。陶渊明抚弄无弦琴，是一种洒脱，但境界还不够。真正的超脱，是不假外物，手中无琴而心中有琴，这样才能摆脱外物的拖累，进而达到心的逍遥。可以说，这种人生观虽然看起来虚无缥缈，但这种心外无物的洒脱，确实给苏轼颠沛流离、穷困潦倒的贬谪生涯带来了生的希望，令他乐观面对挫折与苦难。也正因此，才有"日啖荔枝三百颗，不辞长作岭南人"的乐观洒脱。

题柳耆卿《八声甘州》[1]

世言柳耆卿曲俗，非也。如《八声甘州》云："霜风凄冷，关河冷落，残照当楼。"[2]此语于诗句，不减唐人高处[3]。

注释

[1] 柳耆卿：柳永（约984—约1053），字耆卿，原名三变，因排行第七，又称柳七，崇安（今福建崇安）人。柳永从大中祥符元年（1008）开始，屡次应举都不中，一直到晚年才进士及第，做过一些小官，以屯田员外郎致仕，故世称柳屯田。柳永是北宋著名词人，宋词婉约派的代表人物。

[2]《八声甘州》：即《八声甘州·对潇潇暮雨洒江天》，柳永的代表词作，也是婉约派宋词的代表作品。

[3] 此语于诗句，不减唐人高处：这些词句相比于诗句，不比唐诗中那些高明的诗句差。

译文

世人称柳永的曲子世俗，这是不对的。如《八声甘州·对潇潇暮雨洒江天》写道："霜风凄冷，关河冷落，残照当楼。"这些词句相比于诗句，不比唐诗中那些高明的诗句差。

品读

中国古代文学史上，有"一代有一代之文学"

这样的说法。词是宋代的代表性文学体裁，宋词在宋代文学史甚至中国古代文学史上都有着举足轻重的地位，但在北宋初期，甚至一直延续到南宋，词的地位并不高，远比不上诗。

北宋初期，以柳永为代表的文学家，开始专力填词，词也随之达到一个很高的程度。柳永的词在当时广为流行，甚至出现了"凡有井水处，皆能歌柳词"这样的盛况。虽然柳永的词在当时及后世影响深远，上至朝廷，下至青楼妓馆，都对柳永的词作耳熟能详，但在正统文人的眼里，柳永的词只是宋代俗文化的代表，仍然是小道，上不得台面。传说，柳永名声大震之后，仍然坚持上京参加进士考试，屡次考试都不中，而他不能中进士的原因，就在于他写的那些词。柳永的很多词都是为青楼妓馆的妓女所写，因而更加显得上不了台面，皇帝甚至特地让柳永名落孙山，亲自批示让柳永"且去填词"，不要来应试。柳永也因此自称为"奉旨填词柳三变"。

柳永的词面向世俗，词风也俗，这是世人对柳词的评价。但苏轼认为，这种说法是不正确的，他举了柳永《八声甘州》词为例，认为这些词句能跟唐诗相媲美。从今天的角度来看，苏轼的评价显然是正确的。柳永确实写了很多面向青楼的词，也有很多词属于艳词，描写了很多男女之间的香艳的场面，但柳永仍然有很多词风格清丽悠远，其水平可以说已经达到了宋词的巅峰。如苏轼所举的《八声甘州·对潇潇暮雨洒江天》：

对潇潇暮雨洒江天，一番洗清秋。渐霜风凄惨，关河冷落，残照当楼。是处红衰翠减，苒苒物华休。唯有长江水，无语东流。

不忍登高临远，望故乡渺邈，归思难收。叹年来踪迹，何事苦淹留？想佳人妆楼颙望，误几回、天际识归舟。争知我，倚栏杆处，正恁凝愁！

虽然这首词仍然没有跳出男女感情的范畴，讲的是作者远游在外，面对滚滚东流的长江水，以及潇潇洒洒飘落的雨水，不由回望故乡，思念家乡以及家乡的女人。在他的想象中，女人正倚栏杆，看着江边归来的客舟，可惜没有看到自己的丈夫，只好独自对着江水发呆。游子思乡，佳人盼望夫君归来，这样的题材在词中十分常见。但正如苏轼所说的，柳永的这首词除了题材超脱出深闺之外，不少词句超凡脱俗。尤其是"渐霜风凄惨，关河冷落，残照当楼"，霜风、关河、残照三种意象并出，显得意境深远，画面凄冷但又不令人绝望，留给人足够的想象空间，韵味悠长。

当然，在柳永的诸多优秀词作中，还有不少比《八声甘州》更好的词，如在当时传唱更广的《望海潮·东南形胜》：

东南形胜，三吴都会，钱塘自古繁华，烟柳画桥，风帘翠幕，参差十万人家。云树绕堤沙，怒涛卷霜雪，天堑无涯。市列珠玑，户盈罗绮，竞豪奢。

重湖叠巘清嘉。有三秋桂子，十里荷花。

羌管弄晴，菱歌泛夜，嬉嬉钓叟莲娃。千骑拥高牙。乘醉听箫鼓，吟赏烟霞。异日图将好景，归去凤池夸。

这首词没有像《八声甘州》那样描写游子思乡、佳人盼夫，也没有像著名的《雨霖铃·寒蝉凄切》那样将男女分别的那种撕心裂肺、缠绵悱恻的感情表露无遗，而是专力于描述景点。它将钱塘的繁华、热闹以及人们的悠然自得描述得入木三分，酣畅淋漓地展现了一个风景如画、令人无比向往的城市。由钱塘的繁华，可以想见江南的繁华。据说，这首词流传甚广，甚至传到了辽国，并因此引起辽国皇帝对于江南的觊觎，由此引发了战争。

可以说，正是有了柳永、周邦彦、苏轼、辛弃疾等宋词大家的诸多不朽词作，才彻底奠定了宋词在中国古代文学史上的地位，给中国文学艺术宝库中增添了无可比拟的艺术瑰宝。

评韩柳诗①

柳子厚诗在陶渊明下，韦苏州上②。退之豪放奇险则过之，而温丽靖深不及也③。所贵乎枯澹者④，谓其外枯而中膏⑤，似澹而实美，渊明、子厚之流是也。若中边皆枯澹，亦何足道⑥。佛云："如人食蜜，中边皆甜。"⑦人食五味，知其甘苦者皆是，能分别其中边者，百无一二也。

注释

① 韩柳：韩愈和柳宗元。

② 韦苏州：韦应物（737—792），长安（今陕西西安）人。早年为唐玄宗近侍，安史之乱后，历官滁州、江州刺史、左司郎中、苏州刺史等。唐代山水田园诗派的代表人物，因其曾官苏州刺史，被后人称为韦苏州。

③ 而温丽靖深不及也：但温婉典雅、静穆深沉不及柳宗元。温丽：温婉典雅。靖深：静穆深沉。

④ 所贵乎枯澹者：以枯瘦平淡为贵的人。枯：枯瘦。澹：平淡。

⑤ 谓其外枯而中膏：称其外面枯而里面肥。膏：肥。

⑥ "若中边皆枯澹"句：如果里面和外面都是枯瘦平淡，又哪里值得谈论呢？中边：内外，表里。足：值得。道：说。

⑦ "佛云"句：佛说："像人吃蜜饯，里外都甜。"苏轼所

引的这句话出自佛经。《四十二章经》说："佛所言说，皆应信顺，譬如食蜜，中边皆甜，吾经亦尔。"

译文

柳宗元的诗在陶渊明之下，却在韦应物之上。韩愈诗歌的豪放奇险要超过柳宗元，但温婉典雅、静穆深沉却不及柳宗元。以枯瘦平淡为贵的人，称其外面枯而里面肥，表面平淡而实质优美，陶渊明和柳子厚都是这样的诗人。但如果里面和外面都是枯瘦平淡，又哪里值得谈论呢？佛说："像人吃蜜饯，里外都甜。"人尝酸甜苦辣咸五味，知道甜和苦的比比皆是，但能分辨内外表里的人，一百个人中能有一二人就不错了。

品读

本篇是对韩愈和柳宗元诗歌的评价。苏轼认为，柳宗元诗歌成就很高，在陶渊明之下，但又在韦应物之上。这种将诗人分为三六九等的现象，在中国古代文学史上很常见。虽然一直有所谓"文无第一，武无第二"的说法，文学创作很难分出高下，但在古代，中国诗人会很自觉地将历代诗人分为三六九等。在中国古代，一流诗人、二流诗人和三流诗人仿佛都有约定俗成的界定。

在《书〈黄子思诗集〉后》中，苏轼认为，唐代的诗人中，李白和杜甫是巅峰，不仅如此，他们还是千古诗人第一。在唐代的诗人中，也只有韦应物、柳宗元可以称道。由此可见，韦应物、柳宗元的地位应在李白、杜甫之下。苏轼在《与苏辙书》

中评价陶渊明，"自曹、刘、鲍、谢、李、杜诸人，皆莫及也"，也就是说陶渊明与上述诗人一样，都是顶尖的诗人。但在本篇中，苏轼将柳宗元、韦应物、陶渊明进行了高下优劣的区分，他将柳宗元排在韦应物之上，又排在陶渊明之下。

不仅如此，苏轼还对韩愈和柳宗元的诗歌成就进行了对比。"退之豪放奇险则过之，而温丽靖深不及也"，韩愈诗歌的风格是豪放奇险，柳宗元的诗歌风格是温丽靖深。从这种对比来看，韩愈与柳宗元的诗歌成就不分高下，各有其风格。实际上，苏轼少有对韩愈诗歌进行品评，并没有将其列入唐代诗人的三六九等中。但从他在多篇文章中对柳宗元诗歌的肯定来看，似乎他对柳宗元诗歌的评价要高于韩愈。

苏轼对柳宗元诗歌成就的评价是"外枯而中膏，似澹而实美"。也就是表面形式看起来干巴巴的，但里面内涵丰富；表面风格是平淡，但实际上蕴含了丰富的美感。在他看来，柳宗元与陶渊明都属于这种风格，表面平淡，但内在意蕴悠长。苏轼在《书〈黄子思诗集后〉》中，对柳宗元、韦应物诗歌的评价是"发纤秾于简古，寄至味于澹泊"。在简朴古雅之中抒发纤细浓郁的感情，在恬静澹泊之中寄托深厚的意味，这实际上就是"外枯而中膏，似澹而实美"。也就是说，柳宗元诗歌的审美特质是形式平淡，但意蕴悠长。比如柳宗元的名诗《江雪》：

千山鸟飞绝，万径人踪灭。

孤舟蓑笠翁，独钓寒山雪。

这首诗描绘的是雪后的江景。大雪纷飞后，群山上再也看不见飞鸟，路上也看不见人影。但在人迹罕至的江边，却有老渔夫穿着蓑笠驾着扁舟在江上钓鱼。整首诗无论从语言还是景物的描绘上，都显得很平淡、简单，就是一个简单的场景，但就是这种简单的景物描写排列在一起，恰恰营造出内在丰富的意境。群山不见飞鸟，路上不见人踪，这是一个孤寂的场景。然而，在这个孤寂的画面中，出现了一个人，虽然仍旧是孤舟，但正是这个孤独的垂钓者的出现，令整幅画面显得生气盎然。不仅如此，老渔夫在孤寂寒冷的冬天，还冒着风雪到江边垂钓，给整幅画面赋予了坚持、自得等精神层面的意蕴。仅仅一个简单的场景描写，就蕴含如此丰富的意蕴，充分显示了柳宗元诗歌写作水平的炉火纯青。而这首诗也充分展现了"外枯而中膏，似澹而实美"，"发纤秾于简古，寄至味于澹泊"的艺术特质。

其实，这样的风格一直是苏轼所追求的。他在《与苏辙书》中对陶渊明诗歌这样评价："渊明作诗不多，然其诗质而实绮，癯而实腴。""质而实绮，癯而实腴"，这跟"外枯而中膏，似澹而实美"一样，都是在论述这种平淡而充盈的审美风格。由此可见，在苏轼看来，真正第一流的诗歌，并不需要辞采华丽、形式优美，而是要返璞归真，通过语言、形式的平淡，传达出无穷的意蕴。

读孟郊诗① （节选）

　　我憎孟郊诗，复作孟郊语。饥肠自鸣唤，空壁转饥鼠。诗从肺腑出，出辄愁肺腑。有如黄河鱼，出膏以自煮②。

注释

　　① 孟郊 (751—814)：字东野，湖州武康 (今浙江德清) 人。唐德宗贞元十二年 (796)，孟郊 46 岁才中进士，仕途上并不出色，一直是小官。孟郊是唐代著名诗人，诗风以苦吟著称，与贾岛齐名，被称为"郊寒岛瘦"。

　　② 膏：脂膏。

译文

　　我不喜欢孟郊的诗，但又经常使用孟郊的诗语。孟郊贫苦，肚子饥肠辘辘自己叫唤，家徒四壁老鼠饿得直打转。他的诗从肺腑中自然流出，读之则令人肺腑皆愁。就好像黄河里的鱼，用自己的脂膏来煮自己。

品读

　　本诗是对孟郊诗歌的评论。苏轼不喜欢孟郊的诗，但又经常引用他的诗，对他是又爱又恨的复杂情绪。

　　孟郊出生于一个小官僚家庭，父亲是一个县尉，家中清贫。孟郊从小就性格孤僻，不爱与人交流，青年时期就隐居于河南嵩山。青年到中年时期，孟郊开始离开河南，前往江南，在此期间，孟郊与韦应物等人相识，诗酒往来。唐德宗贞元七年（791），孟郊41岁才中举，因而前往京城参加进士考试。这次进士考试，孟郊并没有考中。第二年，他又参加进士考试，仍然没有中。一直到贞元十二年（796），孟郊已经46岁了，才终于考中进士。虽然孟郊高中进士，但跟他的父亲一样，他始终徘徊在小官吏的位置上，仕途坎坷。一直到晚年，孟郊才被人赏识，仕途稍微顺坦，生活也稍微富裕起来。唐宪宗元和九年（814），孟郊被荐为兴元军参谋，试大理评事，在任职的路上得了疾病而死，终年64岁。

　　孟郊性格孤僻，专心于诗歌创作。由于他长期处于穷困潦倒的状态，因而他的诗歌主要表现了中下层知识分子对于现实的担忧，对于百姓困苦的关怀，对自己本身的愁苦，等等。尽管孟郊诗歌的题材相比同时期的很多诗歌宽广了很多，但由于他致力于锤字断句，追求险奇艰涩的风格，因而诗歌整体上显得愁苦。孟郊的愁苦之诗，虽然遭人诟病，但还是有一些诗脍炙人口，广为流传。如著名的《游子吟》：

　　　　慈母手中线，游子身上衣。

　　　　临行密密缝，意恐迟迟归。

　　　　谁言寸草心，报得三春晖。

　　这首五言古诗，仅仅从慈母在游子离家之前为儿子赶制衣服这一场景，就生动展现了母亲对儿子远行的担忧、不舍等各种复杂情绪。整首诗语言平易，通畅易懂，从简单的动作、场景的书写中，将"可怜天下父母心"这一思想表现得淋漓尽致。

孟郊是唐代苦吟诗人的代表，与贾岛齐名，并称为"郊寒岛瘦"。在孟郊的诗中，他的穷困之态毕露，"饥肠自鸣唤，空壁转饥鼠"，家徒四壁，连老鼠来了他家都只有饥肠辘辘地打转，可见孟郊之穷苦。正因穷困潦倒，孟郊对愁苦感悟颇深。苏轼从孟郊的诗歌创作中提出这样一个观点："诗从肺腑出，出辄愁肺腑。"诗是个人感情的自然流露，也就是肺腑之言的自然表达。正因孟郊对愁苦生活深有感触，自然而然将这种愁苦表达在诗歌中，也因此将诗歌也带上了浓浓的愁苦之色，这就是苏轼所说的"出辄愁肺腑"。苏轼这里所说的愁苦之诗，在孟郊那里比比皆是。如他的《秋怀（其二）》：

> 秋月颜色冰，老客志气单。
>
> 冷露滴梦破，峭风梳骨寒。
>
> 席上印病文，肠中转愁盘。
>
> 疑怀无所凭，虚听多无端。
>
> 梧桐枯峥嵘，声响如哀弹。

《秋怀》是孟郊晚年写的一组展现他晚年生活的诗。本诗就是其中的第二首，也是其中写得最好的一首诗。整首诗不仅充分展现了孟郊生活的穷苦，也将他苦吟诗人的身份显露得淋漓尽致。从色调上看，整首诗都是冷色调，多种冷色调的词句展现了生活的凄冷。秋月的颜色是冰的，露水是冷的，深秋的风是寒的，整个场景都是冰冷、寒凉的。不仅如此，无论是屋外的景物还是屋内的人，都是孤寂凄冷的。除了月、风、露水之外，还有梧桐的枯叶，沙沙作响就像悲哀的琴声。整首诗的字、词、句，都十分用心，显然是作者精心锤炼的结果。正是这种艰涩苦吟，锤炼字句，在将诗人的愁苦展现得淋漓尽致的同时，也显示了诗人精深的功力，有深厚的意蕴。

对于孟郊的诗歌，后人多有批评。《新唐书·孟郊传》评价孟郊"为诗有理致"，但也说"然思苦奇涩"，对其诗肯定之中也批评其风格艰涩。元好问在《论诗三十首》中对孟郊这样评价："东野穷愁死不休，高天厚地一诗囚。"孟郊被后人称为"诗囚"，也是从这里来的。显然，对于孟郊诗歌追求穷愁、艰涩的极端，后人也多有贬斥。苏轼对孟郊的评价虽然也有否定，但对其发自肺腑的诗歌也多有肯定。在后人对孟郊诗歌的评价中，苏轼的评价还是很中肯的。

书摩诘《蓝田烟雨图》①

味摩诘之诗②，诗中有画；观摩诘之画，画中有诗。诗曰："蓝溪白石出，玉川红叶稀。山路元无雨，空翠湿人衣。"③此摩诘之诗。或曰："非也，好事者以补摩诘之遗。"

注释

①《蓝田烟雨图》：这是王维的画作，已经失传。

② 摩诘：唐朝著名诗人王维（701—761，或699—761），河东蒲州（今山西运城）人，祖籍山西祁县，字摩诘，号摩诘居士。唐玄宗开元十九年（731），王维状元及第。也有一说为唐玄宗开元九年（721）中进士。历官右拾遗、监察御史、河西节度使判官。唐肃宗乾元年间，王维任尚书右丞，故世称"王右丞"。王维工诗善画，以山水田园诗著称，被后人称为"诗佛"。

③ 王维的这首诗题为《山中》。

译文

品味王维的诗，诗中有画面感，观赏王维的画作，画中有诗的风采。诗曰："蓝溪白石出，玉川红叶稀。山路元无雨，空翠湿人衣。"这是王维所作的诗。也有人说："这不是王维的诗，只是好事之人故意把此诗当作王维的遗漏之作。"

品读

"诗中有画，画中有诗"，这是一个经典命题。自从苏轼提出这个观点后，就一直被后人用来评述诗歌和绘画。

苏轼的"诗中有画，画中有诗"具体是什么意思，后人也有各种各样的阐释。北宋画家、诗人张舜民对这一观点进行了详细阐释，他说："诗是无形画，画是有形诗。"也就是说，诗和画本质相同，只是形式上有差异而已，诗歌所描绘的画面是看不见的，绘画的内容则是看得见的。实际上，苏轼的"诗中有画，画中有诗"，还有更深层的含义在内。

苏轼的"诗中有画"，是说诗歌写物绘景有画面感；"画中有诗"，则是说画面呈现出诗意。这决不是听觉、视觉互相沟通的问题。实际上，苏轼的"诗中有画，画中有诗"，主要说的是诗意想象。诗歌写景绘物，对景物的描写再怎么精妙，如果不能给人想象的空间，也无法呈现出画面感；而如果读者没有想象力，也无法从诗中想象出画面。而画家如果没有诗人的想象力，画的画就是再像，那也只是像而已，不能给人想象的空间，更别提呈现出诗意。当然，从今天的角度来看，"画中有诗"主要指的是中国画，西方画重写实，中国画重写意，中国画画山水虫鱼，讲究的是画面背后的意境，这跟写诗一样。所以，中国画如果不能呈现出诗意，那也不是好画。

"诗中有画，画中有诗"，这是对王维诗与画的精辟论述。王维以诗、画著称，诗歌与绘画都有特色，而苏轼的这句话，十分准确地概括了王维诗歌与绘画的特点。王维的诗歌充分体现了"诗中有画"这一审美特质。如本篇所举的王维《山中》：

蓝溪白石出，玉川红叶稀。

山路元无雨，空翠湿人衣。

王维的这首诗，就像是一幅画。蓝溪、玉川、山路、行人、白石、红叶，简单的几个景物，就构成了一幅和谐、宁静的画面。溪水清浅，石头露出水面。秋天到了，山里的枫叶也越来越稀少。虽然没有下雨，但山里湿气重，行人走在山路上，衣服上满是露水。整首诗写景简单，但将几个简单的景物巧妙地组合在一起，就构成一幅完美的画面。尤其突出展现王维"诗中有画"特点的是，这首诗中巧妙地运用了色彩对比，画面感更强。溪水中是白色的石头，山上是红色的树叶，山路上则是翠绿的草和树，红色点缀在翠绿中，再与溪水中石头的白色形成对比，色彩并不绚烂，但十分和谐。这就是王维诗歌的特点，宁静悠远，画面和谐。

王维的很多诗歌都具备这种"诗中有画"的特色。而苏轼对于王维诗歌"诗中有画"的评价，也成为了后代对王维诗歌的经典评价，一直被广泛引用。

书鄢陵王主薄所画折枝二首（其一）①

论画以形似，见与儿童邻②。赋诗必此诗，定非知诗人。诗画本一律③，天工与清新④。边鸾雀写生⑤，赵昌花传神⑥。何如此两幅，疏淡含精匀。谁言一点红，解寄无边春。

注释

① 鄢陵：即今河南鄢陵县。主簿：官职名，各级主官属下掌管文书的官吏。王主簿：具体为谁，不可考。折枝：花卉画的一种表现手法，花卉不画全株，只画从树干上折下来的部分花枝，故名折枝。根据陈迩冬选注《苏轼诗选》，这组诗写于宋哲宗元祐二年（1087），当时苏轼任翰林学士知制诰，知礼部贡举。

② 见与儿童邻：见识与儿童接近。见：见识，见解。邻：邻近，接近。与儿童邻，意思是说其见识幼稚。

③ 诗画本一律：作诗与作画本来就遵循同一个规则。

④ 天工与清新：艺术造诣天然高超与清新自然。天工：跟人工相对，指艺术造诣天然高超。

⑤ 边鸾雀写生：边鸾画的孔雀跟活的一样。边鸾：京兆（今西安）人，唐朝画家，擅长画花鸟折枝。写生：画得跟活的一样。

⑥ 赵昌花传神：赵昌画的花十分传神。赵昌：字昌之，剑南（今属四川）人，北宋画家，擅长画花果。

译文

用形似来论述画作，这种见识就和儿童差不多。写诗的时候只看到表面的文字，一定是不懂诗的人。作诗与作画本来就遵循同一个规则，那就是艺术造诣天然高超与清新自然。边鸾画的孔雀跟活的一样，赵昌画的花十分传神。但怎么能与王主薄的这两幅画相比呢？王主薄的这两幅画疏淡中又蕴涵着精匀。谁说画中的一点红，不能寄托无边的春色呢！

品读

本篇题为论画，但实际上是论诗。这首诗与苏轼的《书摩诘〈蓝田烟雨图〉》一样，都是论画，但本质上都是论诗。因为，在苏轼那里，"诗画本一律"，诗画具有相同的规律，论诗就是论画。在《书摩诘〈蓝田烟雨图〉》里，苏轼提出了"诗中有画，画中有诗"的观点，但没有解释，而在本诗中，苏轼不仅指出"诗画本一律"，还对诗画的本质规律进行了具体阐释。

本诗头两句就开宗明义，指出传统论画观念的偏颇。在苏轼看来，"论画以形似，见与儿童邻"，绘画如果只是形似，那谈不上高明。显然，苏轼不认同绘画只是形似的创作论。不仅绘画如此，写诗也是同样的道理，诗中描景绘物如果只是形似，也谈不上好诗。因此，写诗也不能仅仅形似。

苏轼精通各种艺术形式，尤其擅长诗、书、画。因此，他对诗与画的理解，远超一般诗人和画家。

也因此，他对同样是诗人和画家的王维理解深刻，并提出"诗中有画，画中有诗"的观点。同样，他在论述王主薄所画的《折枝图》时，也谈到了诗歌创作。在他看来，诗画都一样，都要追求艺术造诣的天然高超与清新自然。这种境界，显然光形似是做不到的。因此，苏轼提出了"传神"这一概念。当然，这种观念也是从前辈的绘画创作经验中总结出来的，也是苏轼多年艺术创作经验的总结。

在形似与传神中，苏轼显然更看重传神。因为诗歌与绘画追求的是"天工与清新"，这是形似所做不到的。唐代诗人李白在《经乱离后天恩流夜郎忆旧游书怀赠江夏韦太守良宰》中对诗歌创作也提出了类似的观点："览君荆山作，江鲍堪动色。清水出芙蓉，天然去雕饰。"在节选的这四句诗中，李白在开头两句对韦太守的荆山诗作大加赞赏，认为这些诗写得好，足以让江淹、鲍照这样的著名诗人都称赞。下面两句则是李白论诗的名句。所谓"清水出芙蓉，天然去雕饰"，讲的正是这种不加雕饰就自然天成的境界，也就是苏轼所说的"天工与清新"。

关于形似与神似，自从苏轼提出这个观点后，后人对二者的关系就一直争论不休。很多人都对苏轼重神似轻形似的观点提出非议。如明代诗论家杨慎认为，绘画重形似，诗歌贵传神，这种观点就不偏不倚。然而，这种观点虽然表面上不偏不倚，十分全面，但是这并不符合苏轼的本意。在苏轼看来，诗歌与绘画都具备同样的本质规律，都贵在传神。

苏轼关于诗歌传神的观点被广泛接受，但对于其在诗画中轻形似的观点却普遍不认同。从今天的角度来看，苏轼轻形似的这一观点或许比较极端，但有其道理。中国画一向有重神似的传统，很多著名画家的名作都不形似，但依然成为了千古名作。比如明代著名画家徐渭的泼墨牡丹画，不求形似，枝叶都是使用泼墨，虚实相生，牡丹的雍容展现得淋漓尽致。这样的例子还有很多。可见，在中国古代，对于诗画中的传神，还是被很多人认同并实践的。

下编 东坡文论

《江行唱和集》叙（节选）①

夫昔之为文者，非能为之为工，乃不能不为之为工也。山川之有云雾，草木之有华实，充满勃郁②，而见于外，夫虽欲无有，其可得耶！自少闻家君之论文③，以为古之圣人有所不能自已而作者。故轼与弟辙为文至多，而未尝敢有作文之意。己亥之岁④，侍行适楚⑤，舟中无事，博弈饮酒，非所以为闺门之欢⑥，而山川之秀美，风俗之朴陋，贤人君子之遗迹，与凡耳目之所接者⑦，杂然有触于中⑧，而发于咏叹。

注释

① 又作《〈南行前集〉叙》。宋仁宗嘉祐四年（1059），苏轼之母程氏去世，苏轼与其弟苏辙回四川老家奔丧。当年十月，苏轼之父苏洵奉诏进京，苏轼两兄弟同行。父子三人从嘉州登舟，由水路北上，一路上三人有感而发，互相唱和，创作了一百多篇诗文，编成《江行唱和集》。本篇即为该集子的序文。

② 充满勃郁：内部充实蓬勃。

③ 家君：即家父，指苏轼父亲苏洵。论文：指苏洵曾经写过的一篇文章《仲兄字文甫说》。

④ 己亥之岁：乙亥那年，指嘉祐四年（1059）。

⑤ 侍行适楚：陪同父亲到达楚地。楚：指湖北一带。

⑥ 非所以为闺门之欢：并不是为了寻求家庭生活的乐趣。闺门：内室之门。

⑦ 与凡耳目之所接者：以及一切耳闻目睹的事物。

⑧ 杂然：纷杂。有触于中：触动内心。

译文

以前那些擅长写文章之人，并非是因为刻意去创作才使得文章出色，而是因为不能不创作才形成出色的文章。山川会有云雾笼罩，草木会开花结果，都是因为内部充实蓬勃，释放出来才能被外界所看到。想要这些不存在，可能做得到吗？小时候看了父亲所作的文章，我就意识到，古时候的圣贤都是因为有感触于内心，无法控制自己才去创作。因此我和弟弟苏辙写的文章虽然很多，但从不敢有主动写文章的意图。嘉祐四年，我们两兄弟陪伴父亲到达湖北一带，在船上没有什么事做，只有下棋饮酒，并非为了寻求家庭生活的乐趣。而沿途山川秀美，民风朴实，贤人名家的遗迹，凡是我们耳闻目睹的，纷纷有感于心，从而吟咏形成诗文。

品读

诗应该如何写？或者说，文学创作是如何进行的？古往今来，无数的文学家、文学理论家都对这个问题进行过探讨，也提出了形形色色的回答。英国著名诗人华兹华斯对他的诗歌创作进行了总结，认为："诗是强烈感情的自然流露，它源于宁静中积累起来的情感。"这是西方文学理论中十分著名的一个观点，也是对诗歌创作经验的精辟总结，基本揭

示了诗歌创作的规律。也就是说，诗歌创作并不是
为了创作而创作，而是因为内心的感情一直在积蓄，
到了不得不流露出来的时候，才会通过诗歌表达出
来。正因为是内心强烈情感的自然流露，这样的诗
歌创作才会自然流畅，真实不做作，才能在读者心
中形成共鸣，才能称之为好诗。

　　中国古代的文学理论家也对诗歌的创作进行了
很多探索，并对诗歌创作的基本规律有很好的揭示。
如《诗大序》中有一段十分有名的话："诗者，志之
所之也，在心为志，发言为诗。情动于中而形于言，
言之不足，故嗟叹之，嗟叹之不足，故咏歌之，咏
歌之不足，不知手之舞之足之蹈之也。情发于声，
声成文谓之音。"这段话的意思是说，内心之中的情
感触动之后就会通过言语来表达，言语表达还不足
以传达这种情感，就要通过表现感情更加强烈的叹
息等形式，如果这样还不够，就要通过放声歌唱，
这样还不够，就要通过手舞足蹈来表达感情。这实
际上已经不仅仅是诗歌创作的由来，而是包含诗歌
创作、歌唱、舞蹈等艺术创作的由来。在中国古人
看来，不管是诗歌创作、歌唱还是舞蹈，都是为了
表达内心强烈的情感。从华兹华斯与《诗大序》对
诗歌规律的相同探讨来看，中外著名的文学理论家
都认同这样一个规律：诗歌创作就是内心情感的外
在表现，是自然而然流露出来的。

　　苏轼对文学创作的理解跟华兹华斯、《诗大序》
等古今中外的文学理论名家的理解是一致的。苏轼
认为，好诗并不是诗人刻意创作出来的，而是不得

不创作出来的。德国哲学家尼采认为，灵感是上天赋予给天才的，不能强求。苏轼对好诗的论述也有点类似。当然，苏轼对诗歌创作的理解要比尼采更切合现实，并没有太多神秘和唯心的色彩。在苏轼看来，山川会有云雾笼罩，草木会开花结果，都是因为内部充实蓬勃，释放出来才能被外界所看到。这跟文学创作一样，内心充实，思想感情丰富，文学创作自然而然就能完美呈现内心，好诗、好文章就这样自然而然地创作出来。也就是说，文学创作不能勉强去作，而是需要创作者道德充实，情感积蓄到不得不写诗、写文章的程度，这样才能创作出好作品。俗话说的"不吐不快"，实际上说的也是文学创作的一种现象。早在魏晋南北朝时期，著名的文学理论家刘勰就在《文心雕龙·情采》中对文学创作有所阐发。刘勰提倡"为情而造文"，反对"为文而造情"，其实就是认为文学创作是内心情感的自然流露，而不是在创作中故意营造出情感来。

苏轼在这篇文章中，结合自己与弟弟陪同父亲前往京城的途中所创作的诗集，很好地阐发了这种文学创作的过程。苏洵、苏轼、苏辙三父子从四川乘船北上，历经巴蜀大地、荆楚大地以及中原大地，饱览祖国的大好河山，亲身经历各地的风土人情，在美景、风俗、人物的触发下，内心情感充盈，自然而然地创作出诸多诗歌。这就是苏轼所说的"与凡耳目之所接者，杂然有触于中，而发于咏叹"。不是想要通过诗歌创作来表现山川美景，而是美景自然打动人心，不得不将这种感动表现出来。面对美

十年生死两茫茫，不思量，自难忘。

千里孤坟，无处话凄凉。

纵使相逢应不识，尘满面，鬓如霜。

苏轼（宋）　江城子·乙卯正月二十日夜记梦

景，普通人会自然而然地发出赞叹，自然而然地会拿出相机来拍照，文学家则会自然而然地在心中酝酿诗文，进而奋笔疾书。这样有感于心，进而形成文字，才是文学创作的真谛。比如他的《初发嘉州》：

朝发鼓阗阗，西风猎画旗。

故乡飘已远，往意浩无边。

锦水细不见，蛮江清更鲜。

奔腾过佛脚，旷荡造平川。

野市有禅客，钓台寻暮烟。

相期定先到，久立水溅溅。

这是苏轼三人的《江行唱和集》中的一首诗，也是苏轼很早的一首诗，甚至可以称得上是现在可见的苏轼最早的一首诗。就诗歌创作技巧、艺术成就而言，自然也无法与苏轼后来创作的诸多名篇相提并论。但这首诗将一个初次离开故乡前往京城的年轻人的所见、所感形象地展现出来。诗歌虽然青涩，但感情是真挚的。身边有父亲、弟弟这样的亲人陪伴，眼前有陌生而熟悉的美景，故乡已经被江水抛在远方，但年轻的诗人并没有太多离乡的惆怅，因为年轻，"少年不识愁滋味"，也因为身边有亲人，再加上自己和弟弟都已中举，即将前往京城游览，广阔的人生即将展开。面对长江两岸的美景，加上年轻人对未来的畅想，心中的触动是显而易见的，吟诗的冲动也是显而易见的。苏轼的这些诗歌就这样自然而然地从心里流露出来，进而形之于笔触。虽然青涩，但真实不做作，是自然流露。诗歌创作就是这样。

《范文正公集》叙（节选）①

　　其于仁义礼乐，忠信孝悌，盖如饥渴之于饮食，欲须臾忘而不可得。如火之热，如水之湿，盖其天性有不得不然者。虽弄翰戏语②，率然而作，必归于此③。故天下信其诚，争师尊之④。孔子曰："有德者必有言。"⑤非有言也，德之发于口者也⑥。

注释

　　① 范文正公：即范仲淹（989—1052），字希文，谥文正，祖籍邠州（今陕西彬县），后迁居苏州吴县（今苏州吴中区）。宋真宗大中祥符八年（1015）进士。仁宗庆历三年（1043）任参知政事，实行新政，史称"庆历新政"。新政推行不到半年就因贵族官僚集团的反对而失败。庆历五年（1045）初，仁宗废除新政，范仲淹被罢免。仁宗皇祐四年（1052），范仲淹病死于徐州，享年64岁。范仲淹去世后，被封为楚国公，有《范文正公集》传世。

　　② 虽弄翰戏语：即使是随意游戏的言辞。

　　③ 必归于此：一定以此为旨归。即归结到仁义礼乐、忠信孝悌这样的宗旨上来。

　　④ 争师尊之：争相把他当作老师一样尊崇。

　　⑤ 有德者必有言：有道德的人一定有好的言辞。孔子的这句话出自《论语·宪问》："子曰：'有德者必有言，有言者不必有德。仁者必有勇，勇者不必有仁。'"

⑥ 德之发于口者也：道德自然通过言辞显现出来。发：显现，发扬。

译文

他对于仁义礼乐、忠信孝悌，像饥渴的人渴望饮食，想片刻忘记都不可能。就像火的热，像水的湿，这是因为它的天性中不得不这样。即使是随意游戏的言辞，率性而为的作品，一定会归结到仁义礼乐、忠信孝悌这样的宗旨上来。所以天下人相信他的真诚，争相把他当作老师一样尊崇。孔子说："有道德的人一定有好的言辞。"并不是一定有好的言辞，而是因为道德会自然而然通过好的言辞显现出来。

品读

本文是苏轼为《范文正公集》所作的序。在这篇序文中，苏轼深情地回顾了自己从八岁的时候就知道范仲淹的大名，但一直到范仲淹去世，都没有与他结识。宋仁宗庆历三年（1043），宋代历史上有名的庆历新政拉开帷幕，在范仲淹的领导下，宋朝廷开始了新的政治改革。这个时期，苏轼正是少年，而他后来的老师欧阳修在范仲淹的带领下，正积极投身这场变革。庆历新政的主将们，范仲淹、富弼、韩琦等人也因此名震天下，连八岁的苏轼都能叫出他们的名字。这也是苏轼仰慕范仲淹的开端。宋仁宗皇祐四年（1052），范仲淹病逝于徐州。而这一年，苏轼才十五岁，还在家乡四川。一直到宋仁宗嘉祐二年（1057），苏轼进士及第，才走上宋朝的政治舞台。也就是说，苏轼从八岁知道范仲淹的大名，一直到 47 年之后写这篇序文，他都没有见过范仲淹一面。但即使这样，也不妨碍苏轼对范仲淹的仰慕。

宋人为文集作序或者为逝者写碑文，一般首先着眼于其道德为人，文学创作成就次之。范仲淹作为前辈，在苏轼八岁时就已名满天下，无论官位、道德为人、文学成就，都不需要苏轼去宣扬。因此，苏轼在这篇序中着重谈的是自己对范仲淹的仰慕，以及范仲淹的道德为人和他在天下的地位。他将范仲淹与古时候的君子伊尹、太公、管仲、乐毅、韩信、诸葛亮等人相提并论，将范仲淹推上了古之君子的地位。

对于其文学成就，苏轼依然着眼的是道德。在他看来，范仲淹最值得称道的作品是《上执政书》。在这篇洋洋洒洒的万言书中，范仲淹充分阐述了他的政治主张，表达了他力求改革的决心。苏轼认为，范仲淹后来的从军、执政都没有超过这篇文章的主张。显然，苏轼对范仲淹文学成就的认识，是十分正统的观念，而在今天的观念中，范仲淹最有名的作品是《岳阳楼记》。但苏轼对范仲淹的判断也有与今天对范仲淹的评价相同的地方。苏轼认为，范仲淹所有的文章，即使是游戏之作，也一定会归结到仁义礼乐、忠信孝悌这样的宗旨上来。实际上，范仲淹的《岳阳楼记》之所以天下闻名，也是因为其中蕴含的"先天下之忧而忧，后天下之乐而乐"的思想。这种天下为公的思想，贯穿在优美的风景描写中，才成就了《岳阳楼记》的文学地位。

苏轼在这篇文章中提出了一个观点："有德者必

有言。"这是孔子的观点。孔子在《论语·宪问》中说："有德者必有言，有言者不必有德。仁者必有勇，勇者不必有仁。"也就是说，有品德的人一定会有好文章，但好文章的作者并不一定有道德。苏轼对孔子这句话的解释是，有德行的人不一定非要有好文章，而是因为德行在人内心充盈，不得不外发为文章，自然而然就成了好文章。

就范仲淹的文学创作而言，苏轼所说的"有德者必有言"是十分恰当的。以他著名的《岳阳楼记》为例。在这篇文章中，范仲淹写道：

> 不以物喜，不以己悲。居庙堂之高则忧其民，处江湖之远则忧其君。是进亦忧，退亦忧。然则何时而乐耶？其必曰"先天下之忧而忧，后天下之乐而乐"乎。

这段话也是《岳阳楼记》中最著名的一段话。从整篇《岳阳楼记》来看，正是因为这段话中所表露出来的思想，才让整篇文章的格调与境界彻底升华。而这段话正代表范仲淹的道德为人。正是因为范仲淹首先做到了修身，达到了"先天下之忧而忧，后天下之乐而乐"的思想境界，才能在文章里，面对想象中的洞庭湖的美景，自然而然将内心所想融入情境之中，达到情景交融的境界。也是这样才让《岳阳楼记》成为千古名篇。

《六一居士集》叙①

愈之后二百有余年而后得欧阳子，其学推韩愈、孟子以达于孔氏，著礼乐仁义之实②，以合于大道③。其言简而明，信而通，引物连类，折之于至理④，以服人心，故天下翕然师尊之。自欧阳子之存，世之不说者⑤，哗而攻之，能折困其身，而不能屈其言。士无贤不肖不谋而同⑥，曰："欧阳子，今之韩愈也。"……欧阳子论大道似韩愈，论事似陆贽，记事似司马迁，诗赋似李白。

注释

① 六一居士：即欧阳修（1007—1072），字永叔，晚年号六一居士，吉州永丰（今江西吉安）人。宋仁宗天圣八年（1030）进士，官至参知政事。宋神宗熙宁五年（1072），欧阳修病逝于颍州（今安徽阜阳）。欧阳修去世后，被封康国公，谥号"文忠"，世称欧阳文忠公，有《欧阳文忠公文集》传世。

② 著礼乐仁义之实：阐明礼乐仁义的实质。著：明显，显露，使之显著。

③ 以合于大道：以合于治国平天下的大道。

④ 折之于至理：以真理来进行判断。折，判断。

⑤ 世之不说者：世上不喜欢欧阳修的人。说：通"悦"，喜欢。

⑥ 士无贤不肖不谋而同：士人中不论贤德之人或不肖之人都不谋而合。

译文

韩愈之后的二百多年出现了欧阳修，他的学说推崇韩愈、孟子以至于孔子。他阐明礼乐仁义的实质，与治国平天下的大道相符合。他的文章语言简单而明确，可信而通达，引物连类，以真理来进行判断，使人心折服。所以天下人像尊崇老师那样尊敬他。自从有了欧阳修，世上那些不喜欢他的人，群起而攻之，这能使他困顿折辱，但不能使他的学说受到丝毫损伤。士人中不论贤德之人或不肖之人都不谋而合地说："欧阳修，就是今天的韩愈。"……欧阳修论述治国大道像韩愈，议论事情像陆贽，记叙事件像司马迁，所作诗赋像李白。

品读

本文是苏轼为欧阳修作品集所作的序。在这篇序文中，苏轼对欧阳修的文坛地位、文学成就与创作特色做出了评价。在宋代诗话中，对文人文学创作的评价、文人之间的交往以及逸闻趣事的记载是很普遍的事。一般而言，诗话中对文学创作的评价比较随意，非正式化，而在为他人文集所作的序跋、碑文中，对文人文学创作的评价就显得比较正式。与苏轼为范仲淹所写的文集序一样，苏轼在这篇欧阳修文集序中，对其文学成就的评价就十分正式、隆重。

苏轼对欧阳修的评价很高，将他与孟子、韩愈相提并论。在他看来，欧阳修是直接继承了孟子、韩愈的文学思想。所谓孟子之后五百年有韩愈，韩愈之后两百年有欧阳修，说的就是这个意思。

尽管欧阳修没有像王安石那样成为一朝宰相，在他的政治生涯中也曾多次被贬，但整体而言，欧阳修的政治地位还是比较高的。欧阳修曾官至参知政事，高居副相之尊，并曾主持科考，门生故吏遍布天下。苏轼在他的范仲淹文集序中就曾说，在他八岁时，就已经知道了范仲淹、欧阳修等十一位君子的大名。欧阳修在庆历年间，就跟随范仲淹积极参与庆历新政，因而天下知名。尽管庆历新政失败了，欧阳修也被远贬夷陵（今湖北宜昌），但他已经名震天下。等到欧阳修回归京都，重新回到北宋政治中心，并官居高位，随着政治地位的提升，欧阳修的声名也进一步提升。一直到宋仁宗嘉祐二年（1057），欧阳修主持当年的科考，亲手选拔了一批在后来影响深远的人才，并在这次科考中，严格遵循古文的标准，彻底扭转了北宋文风。

他在这一年亲手录取的进士中，有一批在宋代甚至中国文化、文学、政治史上举足轻重的人物，影响十分深远。嘉祐二年的进士中，有苏轼、苏辙、张载、程颢、程颐、曾巩、曾布、吕惠卿、章惇、王韶等人。其中，苏轼、苏辙、曾巩三人为唐宋八大家中的文学家；曾布、吕惠卿、章惇等人，后来都身居高位，对北宋政坛影响极大，不少人都成为王安石变法的核心成员；张载、程颢、程颐，更是宋代理学的代表人物，对后世理学影响深远。这一届的进士科考，录取的进士人才如此鼎盛，在中国历史上是极为罕见的。欧阳修正是通过大力提拔后辈，进而让古文运动流行开来，古文也最终成为文坛主流。

嘉祐二年的进士中，曾巩本来就是欧阳修的弟子，苏轼在嘉祐二年以后，也正式成为欧阳修的弟子。正是这种弟子身份，令苏轼对欧阳修了解极深，对其古文创作特色的概括也极为精确。苏轼的这篇序文，也从对欧阳修古文创作特色的评价中，揭示了古文创作的规律。

如何写作古文？或者说，文章应该怎么写？苏轼的这篇序文就可以告诉我们一些线索。

"其言简而明，信而通"，说的是文章的语言文辞。从语言文辞的角度而言，文章的写作并不需要多么华丽的文采，也不需要多么高超的技巧，只需要用简单通畅的文辞，将要传达的道理表达出来，令人信服就可以了。这也就是苏轼在多篇文章中提倡的"辞达"。

"引物连类"，说的是文章的写作技巧。这个技巧并不高深，且十分简单实用。引物连类，就是在描述一个事物的时候，联系同类事物，进行对比分析，阐述同一个道理。就好像庄子在讲述那些形而上的道理时，往往会举很多例子来说明，这些都是引物连类的技巧。

"折之于至理，以服之人心"，说的则是文章的思想内涵以及产生的阅读效果。无论是文辞，还是技巧，都是为了表达思想服务的。只要在文辞和技巧之中，融入颠扑不破的道理与思想，这样的文章自然能产生令人信服的阅读效果。

综合起来说，文学创作应该用简明通畅的语言，引物连类的言说技巧，将思想感情巧妙地融合在文章的形式中，这样才算是一篇好文章，也才能让读者受到感染，信服并认同文章的思想感情。

在这篇序文的最后，苏轼还总结了欧阳修的文学风格，"欧阳子论大道似韩愈，论事似陆贽，记事似司马迁，诗赋似李白"。这个评价，基本概括了欧阳修的诸多文学创作，也很好地展现了欧阳修文学作品的艺术特色。

答谢民师书①

所示书教及诗赋杂文，观之熟矣。大略如行云流水，初无定质②，但常行于所当行，常止于所不可不止，文理自然，姿态横生。孔子曰："言之不文，行而不远。"③又曰："辞达而已矣。"④夫言止于达意，即疑若不文⑤，是大不然。求物之妙，如系风捕影，能使是物了然于心者⑥，盖千万人而不一遇也⑦，而况能使了然于口与手者乎⑧？是之谓辞达。辞至于能达，则文不可胜用矣⑨。

注释

① 谢民师：名举廉，新淦（今江西新干县）人。宋神宗元丰八年（1085），谢民师和叔父谢懋、谢岐、弟谢世克四人同时进京会试，四人同时高中进士，被称为"文林四谢"。谢民师博学，擅写诗词文章，但一直无缘与苏轼相识，只以书信往来。元符三年（1100），苏轼被赦免，由岭南北归，经过广州，与在广州任职的谢民师见面，谢民师向苏轼请教诗文，苏轼因此写了此篇文章为谢民师解惑。

② 初无定质：起初并没有固定的形态。

③ 言之不文，行而不远：言辞没有文采，就不会流传广

远。孔子的这段话出自《左传·襄公二十五年》：冬十月，子展相郑伯如晋，拜陈之功。子西复伐陈，陈及郑平。仲尼曰："《志》有之：'言以足志，文以足言。'不言，谁知其志？言之无文，行而不远。"

④ 辞达而已矣：言辞表达清楚就可以了。孔子的这段话出自《论语·卫灵公》：子曰："辞达而已矣。"

⑤ 即疑若不文：怀疑好像没有文采。

⑥ 能使是物了然于心者：能在内心中准确地把握这种事物的人。

⑦ 盖千万人而不一遇也：大概千万人中不能遇到一个。

⑧ 而况能使了然于口与手者乎：何况能在言辞与文章中都能准确表达清楚呢？

⑨ 文不可胜用：文采用之不尽。

译文

给我看的书启及诗赋、杂文，我已熟读多遍。你的文章大概像行云流水，起初并没有固定的形态，但当行则行，当止则止，文与理都十分自然，姿态横生。孔子说："言辞没有文采，就不会流传广远。"又说："言辞表达清楚就可以了。"言辞仅止于表达意思，就怀疑其没有文采，这是很不对的。要寻求事物的微妙之处，就像捕风捉影那样难，能在心里把它弄清楚的人，大概千万人中也遇不到一个，更何况是要用言辞和文章把事物表达清楚呢？这就叫"辞达"。文辞要能做到表达清楚，那么文采就用之不尽了。

品读

文学创作是应该重视文采飞扬、辞采华美，还是更应该注重内容充实、言之有物？关于内容与文采的关系，一直是中国文学史上最常见的话题，无数大文学家都对这一问题给出了自己的答案。但无论是重内容，还是重文采，都失之偏颇，无法给出正确的回答。苏轼对这一问题的回答是：辞达而已。

"辞达而已"是孔子提出来的观点。孔子关于内容与文采的关系的论述，主要有两段话，其一是"言之无文，行而不远"，其二是"辞达而已矣"。这也就是苏轼在这篇文章中引用的两句话。实际上，综合孔子的两段话可以看出，孔子对于文学作品内容与文采的关系还是持比较平衡的观念。一方面，对于内容的重视是一以贯之的，内容是文学作品的根基，没有根基，文学作品就会空洞无物。但另一方面，孔子又强调文采的作用，如果没有文采，文学作品就不会吸引人，你所要传达的内容根本无法传达给别人。所以，一定要达到内容与文采的平衡，一方面言之有物，一方面有适当的文采，这样的文学作品才能流传久远。

对于孔子"辞达而已"的理解，后世的人大多是从内容与文采的角度来阐发的。但苏轼对孔子观点的阐释与众不同。

在苏轼看来，"辞达"是文学作品的至高境界。只有优秀的文学家，才能做到真正的"辞达"。不仅如此，他还批驳了那种认为文辞止于表情达意就显得没有文采的说法，认为"辞达"也是有文采。在他看来，要做到辞达是十分困难的。因为世上的万物形态万千，人的内心世界更是千差万别，微妙无比，要准确无比地描绘出事物的微妙之处，要准确把握住人的内心，困难之极。苏轼认为，即使要在心里做到这些，千万个人中有一个人能做到就不错了。心里想都如此困难，更不用说将它们准确地通过文辞写出来。从这个意义上说，能达到"辞达"的境界，确实算得上文采飞扬了。

因此，苏轼主张文学创作应做到"辞达"。辞达的文学作品，表面上看来，没有文采，但实际上文采斐然。比如苏轼的诗《题西林壁》：

横看成岭侧成峰，远近高低各不同。

不识庐山真面目，只缘身在此山中。

这首诗基本都是明白通畅的语言，没有深奥的文辞，没有典故，谈不上文采。但作者偏偏通过近乎白话的文辞，将各种角度下庐山的形态展现得生动真实，并将人身在庐山中的状态展现得淋漓尽致。不仅如此，从这首平淡无奇的诗歌中，还能引申出人生的真理。因此，这首诗可以说达到了苏轼所说的"辞达"境界。表面上看没有华丽的文采，但平淡中形象生动；语言基本等同白话，但通俗中蕴含无穷的道理。不需要华丽的辞藻，也不需要高超的技巧，只要能达到"辞达"的境界，也就能做到没有文采胜似文采。这才是文学创作的至高境界。

答虔倅俞括一首①

孔子曰："辞达而已矣。"②物固有是理③，患不知之，知之患不能达之于口与手。所谓文者，能达是而已。

注释

　　① 虔倅（qián cuì）：官名，虔州副行政长官。俞括：字资深，沙县（今属福建）人。宋神宗熙宁六年（1073）进士及第。宋哲宗绍圣初年，俞括以奉议郎通判虔州（今江西赣州）。

　　②"孔子曰"句：孔子的这段话出自《论语·卫灵公》：子曰："辞达而已矣。"

　　③ 物固有是理：万物本来就是这个道理。

译文

　　孔子说："言辞能表达意思就可以了。"万物本来就是这个道理，只是担心不知道这个道理，知道这个道理又担心不能通过语言和文字表达出来。所谓文章，能表达自己的思想就可以了。

品读

　　与《答谢民师书》一样，苏轼在本篇中也引用了孔子的"辞达而已矣"。由此可见，孔子的"辞达"观对苏轼影响巨大，而这个"辞达"也是苏轼文学观念中的一个重要内容。

孔子所说的"辞达而已矣",由于没有上下文语境,很难确定其准确的意思。因此,孔子的这句话在后代有各种各样的解释。汉代大儒孔安国对孔子这句话的解释是:"凡事莫过于实,辞达则足矣,不烦文艳之辞。"意思是说,只需要通过言辞明确表达清楚事实就好,不需要太艳丽的文辞。显然,孔安国认为孔子是反对文辞艳丽的。宋人邢昺也认为,孔子的这句话也是反对文艳之辞。由此可见,在大多数人的理解中,孔子这句话的意思就是反对文艳之辞。而苏轼对这句话的理解别出一格。在《答谢民师书》中,苏轼认为,辞达是文学创作的至高境界。因为事物的微妙之处,即使在心中都很难把握,更别提用言语和文辞表达出来。所以,孔子这句话并不像表面上说的那样,只要表达清楚就可以了,因为表达清楚是极为不容易的。显然,只有极为高明的人,才能做到辞达。

在本篇中,苏轼对孔子的"辞达"说进一步做了阐释。所谓辞达就是要描述出事物的道理。事物的道理是客观存在的,首先要知道这个道理,仅这一点就很难,一般人做不到,即使是很多作家、艺术家也做不到。

明白事物的道理,这是第一步。下一步则要将心中所把握到的事物通过语言、文字等表现出来。也就是说,要把事物的道理在文章中展现出来,这比心中把握道理更难,也因此才有"知易行难"这一说法。因此,苏轼才会认为,要想做到辞达是极

明月几时有？把酒问青天。

不知天上宫阙，今夕是何年。

我欲乘风归去，唯恐琼楼玉宇，高处不胜寒。

起舞弄清影，何似在人间？

苏轼（宋）　水调歌头·明月几时有

其困难的，辞达才是文学创作的至高境界。

苏轼所说的"辞达"境界，在他的很多作品中都有所体现。比如《饮湖上初晴后雨二首》其二：

> 水光潋滟晴方好，山色空蒙雨亦奇。
>
> 欲把西湖比西子，淡妆浓抹总相宜。

水光、天晴、山色、雨，前两句只是简单地点出四个景象，就鲜活地将西湖的特性展现出来。后两句诗则将西湖与中国历史上著名的美人西施相比，西施无论淡妆还是浓抹都美艳动人，西湖则无论晴天雨天，无论哪个角度哪个场景，都美妙无比。这就是苏轼所理解的"辞达"境界。

其实，苏轼的"辞达"，可以用他的很多文章中反复出现的另一种说法来解释。苏轼在《与张嘉父七首》其五称赞张嘉父"公文章自己得之于心，应之于手矣"。"得之于心，应之于手"，也就是苏轼所说的"辞达"。能够做到"得之于心，应之于手"，自然也就能达到"辞达"的境界。

自评文①

　　吾文如万斛泉源②，不择地而出，在平地滔滔汩汩③，虽一日千里无难。及其与山石曲折，随物赋形，而不可知也。所可知者，常行于所当行，常止于不可不止，如是而已矣。其他虽吾亦不能知也。

注释

　　① 本文又名《文说》，是苏轼对自己文章的评价，也是其文学创作的经验总结。

　　② 吾文如万斛泉源：我的文章像万斗泉水的源泉。斛（hú），量器名，古代以十斗为一斛。南宋末年改为五斗一斛，两斛为一石。

　　③ 在平地滔滔汩汩：在平地奔涌急流。滔滔：水流貌。汩汩：水急流貌。滔滔汩汩，比喻文思勃发，有如泉涌。韩愈《答李翊书》也云："当其取于心而注于手也，汩汩然来矣。"

译文

　　我的文章像万斗泉水的源泉，不择地形都能流淌起来。在平地上，它奔涌急流，即使一日千里也不难。在山地上，它会跟随山石变得曲曲折折，根据山石的样子呈现出不同的形状来，为什么会这样我也不知道。我所知道的是，它常在应当前行的时候前行，又常在不能不停止的地方停止，就像这样罢了。至于其他的，即使是我也不知道了。

品读

　　本篇是苏轼对其文学创作经验的总结。在中国文学史上，大文豪这样直接总结自己创作经验的并不多，苏轼的这篇总结无疑对后人进行文学创作有很好的指导和借鉴作用。不仅如此，这篇文章也是对苏轼文学观念的一种揭示。

　　苏轼认为，他的文章就像万斗泉水的源泉，取之不尽用之不竭。这是用泉水喷涌来形容其文思泉涌。之所以能达到这种境界，关键点就在这个源泉上。文学创作首先必须要拥有这个源泉，没有源泉自然也不会有泉水喷涌，这是一个浅显的道理。这种用泉水来比喻文学创作的做法，也因此有了"文思泉涌"以及"文思枯竭"等成语。而这里的源泉，既是作家的生活积累，也包括作家的知识储备等等。苏轼之所以能做到文思泉涌，取之不尽用之不竭，除了其一生笔耕不辍，勤学苦练外，还因为他的人生跌宕起伏，经历了亲人的生离死别，也经历了仕途的起起伏伏，不仅含冤入狱，而且差点因此丢了性命，这样丰富的人生阅历，造就了苏轼丰富的生活积累。这些都是其文学创作的源泉。

　　究竟如何才能达到文学创作的"万斛泉源"呢？苏轼之父苏洵主张读万卷书，其弟苏辙则主张行万里路。

　　苏洵认为，如果作者盲目下笔，那自然是无源之水、无本之木，即使勉强写作，也写不出好文章。苏洵的做法是将以前勉强下笔的文章统统烧掉，重新开始读书。而且苏洵选择的读书对象都是那些经典文章，将经典文章反复阅读，一开始自然无法领略经典文章的精意，就好像瞎子摸象，只知道经典博大精深，但时间久了，自然能把握经典文章的精髓。这样日积月累，心中有万卷书，无数的经典文章包括其写法、思想长期积蓄在心中，自然而然会有喷薄而出，下笔如有神的神奇现象出现。正因为有了长期的积累，才能自然而然地一挥而就，达到苏轼《自评文》所说的"吾文如万斛泉源，不择地而出"的境界。万卷书就成了苏洵创作的源泉。这种"读书万卷，下笔有神"的观念，也是中国古代的传统观念，也是中国古人几千年的文学创作经验的总结。

苏轼的弟弟苏辙也总结了自己的创作经验。在他看来，行万里路也是下笔如有神的重要途径。苏辙从西南历经荆楚、中原到北方，游览祖国大好河山，又在京城大开眼界。只有周游天下，才能看到"奇闻壮观"，开阔自己的眼界，也只有这样，才能与更多的高明之士交流，增广自己的见闻。这种行万里路的丰富经历，自然与闭塞于一地的见识不可相提并论，这样状态下创作出来的文章，自然也与闭门造车创作出来的文章不可同日而语。这种行万里路的人生阅历也成为苏辙文学创作的源泉。

实际上，苏辙"行万里路"的过程与苏洵闭门读书的历程有异曲同工之处，都是一种经验、知识等的长期积累。只有积累到了一定程度，才会文思泉涌，写出好文章。当然，"读万卷书"与"行万里路"对文学创作同样重要，不可偏废。而苏轼，正好兼具二者。苏轼对于读书、学习的重视，在多篇文章里都有体现。如在《与李方叔书》中，苏轼劝李方叔勤学不止："私意犹冀足下积学不倦，落其华而成其实。"他在《日喻》中也对当时士人不学习进行了批评。他在《记欧阳公论文》中也借欧阳修文学创作的经验，强调了读书对于文学创作的重要性。

而对于"行万里路"，苏轼比苏辙的人生阅历更为丰富。宋仁宗嘉祐四年（1059），苏轼与苏洵、苏辙离开四川赶赴京城，苏辙在文章中描述的游历经历过，苏轼同样经历过。不仅如此，苏轼在仕途上几经起落，多次被贬。宋神宗时期，苏轼因与王安石政见不合，自请外放，曾在凤翔、杭州、密州、徐州、湖州等地任职。宋神宗元丰二年（1079），苏轼遭受了宋代历史上著名的"乌台诗案"，因诗文惹祸，被关牢狱一百多天，差点被杀。元丰三年（1080），苏轼逃过一死，被贬黄州任团练副使。宋哲宗即位后，苏轼又调回京城任职，但好景不长，不久就外放杭州、颍州、扬州、定州等地。到了晚年，苏轼更是远贬惠州、儋州等岭南之地。既是文坛盟主，名满天下，仕途上又几经起落，外放各地，足迹遍布祖国偏远之地，这样跌宕起伏、大悲大喜的人生阅历在中国文学史上少有文学家能具备。这样的人生阅历，自然也导致苏轼文学创作拥有了取之不尽的生活素材。这些都成为了苏轼文学创作的源泉。

　　勤学苦练加上丰富的人生阅历，最终造就了苏轼的"吾文如万斛泉源，不择地而出"。苏轼也因此超越其父苏洵、其弟苏辙，甚至超越其师欧阳修、同僚王安石等文学大家，成为宋代文学成就最高的人。

答张文潜县丞书（节选）①

其为人深不愿人知之，其文如其为人②，故汪洋澹泊③，有一唱三叹之声④，而其秀杰之气，终不可没⑤。作《黄楼赋》，乃稍自振厉⑥，若欲以警发愦愦者⑦。

注释

① 这是苏轼给张耒的回信。张耒（1054—1114），字文潜，号柯山，楚州淮阴（今江苏淮安）人。宋神宗熙宁六年（1073）进士，历官秘书丞、起居舍人等。张耒为苏门四学士之一，北宋知名的文人，擅长诗词。

② 其文如其为人：他的文章也跟他的为人一样。

③ 汪洋澹泊：气势磅礴，意境澹泊。

④ 一唱三叹：一个人领头唱，三个人和着唱。多形容诗歌婉转而韵味深刻。语出《礼记·乐记》："清庙之瑟，朱弦而疏越，一唱而三叹，有遗音者矣。"

⑤ "而其秀杰之气"句：而他超群挺拔的英气，终不可被淹没。

⑥ 乃稍自振厉：才稍微振奋。振厉：也作"振励"，奋勉，振作。

⑦ 若欲以警发愦愦者：想要警醒启发那些昏庸之人。警发：警醒启发。愦愦（kuìkuì）：昏庸，糊涂。

译文

苏辙为人深沉不愿别人知道他的名声，他的文章也跟他的为人一样，文章气势磅礴、意境澹泊，有一唱三叹的韵味，而他超群挺拔的英气，终不可被淹没。苏辙因此写了篇《黄楼赋》，才稍微振奋，想要警醒启发那些昏庸之人。

品读

本篇为苏轼给张耒的回信。张耒、黄庭坚、秦观、晁补之，被称为"苏门四学士"。四人算得上是苏轼的弟子，不仅在诗文创作上得到苏轼的诸多指点，而且也因苏轼的赏识和推荐而名满天下。正因张耒与苏轼的这种师友关系，苏轼在这封信中就显得比较随意，不像给其他人的信那样客气和谨慎。苏轼在这封信中不仅仅谈到了张耒的文学创作，还对自己的弟弟苏辙的文学创作进行了点评。

苏轼与苏辙虽然同时并列于"唐宋八大家"之中，但就当时及后代的影响而言，苏辙是万万不能与苏轼相提并论的。苏辙与苏轼同时于嘉祐二年（1057）进士及第，同时进入政坛，并在文坛崭露头角。但苏轼很快就凭借其众多传唱久远的名篇，而逐渐走上文坛巅峰，并最终继欧阳修之后主盟文坛。相比苏轼，苏辙虽然在诗文方面也有很多佳作，但名声远不如苏轼。在当时的人看来，苏辙的文学创作是不能与苏轼相提并论的。当然，这一点，后人也是这样认为的。

苏轼认为，苏辙之所以名声不如自己，是因为他不愿意让人知道，善于藏拙，才名声不显。苏轼的这一评价可以说比较恰当。苏轼两兄弟在为人与为文上的风格确实差异很大。苏轼为人和为文都好议论，因而很容易得罪人，他与王安石之间的矛盾也众所周知。正因这种无所顾忌的性格，使得其为文洒脱，写出了众多名作。与之相比，苏辙就谨慎小心得多。"乌台诗案"后，苏辙多次在书信中严厉告诫哥哥苏轼谨言慎行，他特别告诫苏轼，要求苏轼不要写诗作文，以免遭祸。可以说，苏辙名声不显，除了他本身的性格以及文章风格外，也与哥哥苏轼因诗文遭祸的打击有关。他要求苏轼不写作，自然也会对自己的写作更加谨慎。

正因苏轼对自己弟弟的深刻了解，他在对苏辙诗文风格的分析中，得出了"文如其人"的结论。而这一结论也在我们前面对于苏轼、苏辙两兄弟的为人与为文中得到了验证。

当然，"文如其人"这一观点虽然揭示了文学创作的某些规律，也得到了很多人的认同，但它的偏颇也是显而易见的。也因此，在中国古代，关于这一观点引起了很多人的争论。其实，苏轼在这里也没有完全认同这一观点。在他看来，苏辙的文学创作虽然与其为人一样，不愿人知，但他的诗文中的"秀杰之气，终不可没"，并且他创作了《黄楼赋》，也想通过这篇文章来警醒启发那些昏庸之人，这与他不愿为人知的为人是有所偏差的。

实际上，从今天的角度看，文如其人，文也不一定如其人。因为文学创作毕竟多少表达了作者心中的所思所想，多少展现了作者的某一方面。从这一点来说，文如其人是对的。但文学创作毕竟是虚构的，作者可以在文学创作中虚构形象和思想，并不一定是作者心中真正的所思所想。很多为人不堪的人，在作品中却将自己虚构成高洁、道德圆满的形象。这也就是文不一定如其人。例如魏晋南北朝时期的潘安，是历史上著名的美男子，文学作品也写得出尘高雅，但其实为人却贪慕富贵、攀附权贵，远远看见权贵车马的扬尘，就开始下拜。成语"望尘而拜"，讽刺的就是潘安这种表里不一、文不如其人的文人。

记欧阳公论文①

顷岁孙莘老②，识欧阳文忠公，尝乘间以文字问之③，云："无它术，唯勤读书而多为之，自工。世人患作文字少，又懒读书，每一篇出，即求过人，如此，少有至者。疵病不必待人指摘④，多作自能见之。"此公以其尝试者告人，故尤有味。

注释

① 此篇在《东坡志林》里名为《记六一语》。

② 顷岁：近年。孙莘老：孙觉（1028—1090），字莘老，高邮（今江苏高邮）人，历官谏议大夫、给事中、吏部侍郎、御史中丞等。孙觉是黄庭坚的岳父，与苏轼、王安石、苏颂、曾巩等相交甚深。

③ 尝乘间以文字问之：曾经趁空闲的时候问他文字方面的问题。乘间：趁空闲。间：间隙，空闲。

④ 疵病不必待人指摘：毛病不需要等待别人来指出。疵（cī）病：缺点，毛病。指摘：指出毛病。

译文

近年孙莘老结识了欧阳修，曾经趁空闲的时候问他文字方面的问题。欧阳修说："没有别的方法，只有勤奋读书并经常写文章，自然会写出好文章。世人的毛病是写文章少，还懒得读书，每写一篇文章，就要求它超过别人的，像这样做，很少有成功的。文章的缺点也用不着别人指出来，自己多写自然就能发现了。"欧阳修把他写文章的经验告诉别人，我认为这特别有意义。

品读

本篇记载了欧阳修进行文学创作的心得体会，对后世影响不小，对今天的文学创作也有很强的指导作用。本文记载的欧阳修文学创作的经验，总结出来只有两点：多读书，多写作。在大量阅读的基础上，勤加练习，多写作。

早在先秦时期，中国古人就对学习十分重视。孔子在教育弟子的时候，不停强调学习的重要性。他的名言"学而不思则罔，思而不学则殆"，就强调学习与思考都是必不可少的。他对自己的人生经历总结道："吾十有五而志于学，三十而立，四十而不惑，五十而知天命，六十而耳顺，七十而从心所欲，不逾矩。"这段话一直被当成人生多个年龄阶段的标志。实际上，三十而立、四十不惑、五十知天命，特别是最后的"从心所欲，不逾矩"，都是孔子一生勤于学习的结果。一般的人，如果不勤于学习，而立、不惑、知天命以及从心所欲，这些都是做不到的。正因为孔子知道了学习对人的重要性，他才开办私学，让平民百姓拥有接受教育的机会，而后人更是将其视为中国教师之祖。在历朝历代，中国古代的有识之士，都纷纷开办学校，教化百姓，使百姓得到学习的机会。《礼记》中说："玉不琢，不成器；人不学，不知道。"说的就是学习的重要性。只有学习，才能让人知道为人处世、齐家治国的道理。

与重视学习相伴随的，是古人对读书的空前重视。读书是学习的最重要途径之一。读书，必须要静下心来，一本一本地读，这样才能有所得。古人治学，先生只是要求学生把诗文背诵下来，把书读完，而不会一开始就讲解其中的道理。甚至学生都不懂书中的意思，就要求学生把书囫囵吞枣地强背下来。古人有"书读百遍，其义自见"以及"熟读唐诗三百首，不会做诗也会吟"这样的说法，足见对读书的重视。

就写作而言，多读书是写出好文章的前提条件。这不仅是欧阳修的经验，也是古往今来众多文学家的经验。这样的例子数不胜数，苏轼身边的例子，要数苏轼之父苏洵。苏洵在名声大噪之前，在老家苦读多年。二十七岁的时候，痛下决心，要改变自己的文风，于是花了多年的时间勤奋读书。在他发奋读书之前，为了科举考试的需要，已经写了数百篇文章。但他觉得这些文章都不好，为了改变自己的文风，他一下子把自己以前的几百篇文章统统烧掉了。于是他拿《论语》《孟子》韩愈以及其他圣贤的经典文章，天天端坐在家里，夜以继日地读。就这样坚持了七八年。刚开始读的时候，觉得圣贤之文博大精深，根本理解不了，心里惶恐。熟读之后，慢慢觉得豁然开朗，好像话就应该这么说，文章就应该这么写。再坚持读下去，肚子里装的书越来越多，名言佳句俯拾皆是，感悟在心里不能控制，非要把心中所想写出来，变成文章。到这个时候，就觉得写文章太容易了。最后这个阶段，也就是苏洵所说的"不能自己而为文"，非写不可，不写文章不痛快。

关于读书的重要性，黄庭坚说过一段很极端的话："士大夫三日不读书，则义理不交于胸中，对镜觉面目可憎，向人亦语言无味。"这很像今天的俗语"三天不练手生"。三天不读书，不仅胸中没有义理，甚至连看镜子中自己都觉得面目可憎，跟人说话也觉得语言无力。虽然这话说得很极端，但对于读书的重要性，这段话却揭示得入木三分。

除了多读书，还要多写。前人的书不会自动转化为自己的文章。不勤于练习，读再多的书，也无法形成自己的风格，更无法形成好的文章。鲁迅曾经告诫自己的儿子"不做空头文学家"，说的就是要勤写作。古往今来，没有哪一个文学家，不是靠勤奋写作而创作出名篇佳作的。

欧阳修曾经在《归田录》中开玩笑地评价自己写出好文章的三个地方："余平生所作文章，多在三上：马上、枕上、厕上。"骑马的时候，睡觉的时候，甚至上厕所的时候，都在构思文章，吟诵诗词，可见欧阳修写作之勤。难怪他在本篇文章中总结自己的创作经验是"唯勤读书而多为之"。文学创作没有捷径可走，唯有勤读书、多写作，才能成为优秀的文学家。

与二郎侄一首①

凡文字，少小时须令气象峥嵘②，采色绚烂③，渐老渐熟乃造平淡④。其实不是平淡，绚烂之极也。汝只见爷伯而今平淡⑤，一向只学此样。何不取旧日应举时文字看，高下抑扬，如龙蛇捉不住，当且学也。

注释

① 二郎侄：苏轼的侄子，排行第二。

② 少小时须令气象峥嵘：小的时候应该让文章气势恢宏。峥嵘：形容气势不凡。

③ 采色绚烂：色彩绚丽，形容文辞华丽。

④ 渐老渐熟乃造平淡：年纪越大写作越熟练，才使文章更平淡。造：造就。

⑤ 爷伯：苏轼的自称。

译文

凡是文章，小的时候应该让文章气势恢宏，文辞华丽，年纪越大写作越熟练，文章越平淡。其实不是平淡，而是文采绚丽到极点。你只看到我们现在的文风平淡，一向都只学这样。为何不拿我们以前应科举时的文章来看，那时候的文章也是高低起伏，就好像龙和蛇一样捉不住，应当学这种。

品读

本篇是苏轼写给侄儿的书信。跟其他写给后辈的书信一样，本篇也满是苏轼对后辈的谆谆教诲。这里苏轼着重谈的是如何写文章。

苏轼曾在《自评文》中对自己的文学创作评价道："吾文如万斛泉源，不择地而出，在平地滔滔汩汩，虽一日千里无难。及其与山石曲折，随物赋形，而不可知也。所可知者，常行于所当行，常止于不可不止，如是而已矣。"率性自然，挥洒自如，这就是苏轼的文学创作风格。但这种风格的形成，并不是一蹴而就的，需要长时间的经验积累，甚至需要一生的坚持。日积月累，笔耕不辍，才能最终达到挥洒自如的境界。

这种挥洒自如的风格，其实也就是本篇中所说的"平淡"。不需要斟字酌句，也不需要选择眼花缭乱的形式技巧，写文章就好像是心中所想直接倾泻到纸笔上，平淡自然。但这种平淡自然中，又蕴含着无穷的意味，是技巧成熟到极致的结果。因此，苏轼在本篇中说："其实不是平淡，绚烂之极也。"绚烂到极点，那就是平淡。

苏轼认为，刚学写文章的后辈不要盲目追求这种平淡的风格。原因很简单，这种平淡的风格是岁月的积淀，是创作水平不断升华的结果。苏轼说："凡文字，少小时须令气象峥嵘，采色绚烂，渐老渐熟乃造平淡。"这是对作家一生文学创作历程的总结，也是对文学创作规律的高度概括。实际上，这种风格的变化，基本概括了大多数文学家一生的文学创作历程。年轻的时候，文学创作追求与众不同，强调气势非凡，注重文采飞扬，洋洋洒洒，颇有挥斥方遒、指点江山的感觉。这时候的文学创作形式、技巧都是显而易见的，要表达的思想也是明晰直接的。经过几十年的文学创作，各种形式、技巧都已经尝遍，语言技巧都已经深入作品的骨髓，文学创作如同娓娓道来，平易自然。表面看来，平平淡淡，没有高明的技巧，没有恢宏的气势，但实际上是技巧娴熟到了极致，韵味无穷。

这种文学创作风格的转变，与作家从青年到老年人生态度的转变是一致的。年轻时充满活力，想要与众不同，想要出人头地，建功立业的雄心充溢于心，因此为人处世朝气蓬勃，棱角分明。到了晚年，阅历已经非常丰富，建功立业的雄心不再，对人和事的认识都已经了然于心，因而为人处世变得平淡。显然，对于文学创作而言，不同的年龄段有不同的人生阅历，也就会形成不同的文学风格。

正因如此，苏轼希望年轻的后辈，不要只看到苏轼等人当下的文学创作平淡自然，就认为这种风格是最好的，盲目学习这种平淡的风格。实际上，苏轼等人也年轻过，也创作过绚烂的作品。年轻的后辈要学习的，正是苏轼等人年轻时期的文学创作。同样的年龄段，相似的人生经历与理想，对于文学创作的理解才更容易传达，也更容易学习。

与侄孙元老四首 (其二)①

　　侄孙近来为学何如？想不免趋时②。然亦须多读史，务令文字华实相副③，期于适用乃佳。勿令得一第后，所学便为弃物也。……侄孙宜熟看前后汉史及韩柳文。

注释

　　① 侄孙元老：苏轼的弟弟苏辙的族孙。元老：苏元老，字子括，眉州（今四川眉山）人，苏辙之族孙。苏元老自小就成了孤儿，但勤奋好学，深得苏轼、苏辙及黄庭坚的赞赏。进士及第后，历官广都簿、汉州教授、西京国子博士、彭州通判、太常少卿等。

　　② 想不免趋时：想来不免迎合时代潮流。趋时：迎合潮流，迎合时尚。

　　③ 务令文字华实相副：一定要让文章内容与文采相配。副：相配、相称。

译文

　　侄孙近来治学做得怎么样？想来不免迎合时代潮流。但是也要多读史书，一定要让文章内容与文采相配，希望能对现实有所作用，这才好。不要进士及第后，学问就丢在一边。……侄孙应该熟读《汉书》《后汉书》及韩愈、柳宗元的文章。

品读

苏轼名满天下后，慕名来讨教文学创作经验的文人越来越多。苏轼对这些求教之人，也都尽心尽力，将自己的心得体会，告诉给他人。正是这种传道解惑的师者态度，令苏轼周围聚集了一批文人，著名的"苏门四学士"就是其中的代表。不仅如此，对于家族后辈，苏轼也是尽力教诲。本篇就是苏轼给后辈的书信，在信中，他仔细地对后辈应该如何学习进行了指导。

苏轼在信中虽然没有批评后辈跟随潮流学习，但他显然对当时的潮流不以为然。苏轼所处的时代，正是王安石为代表的新党与司马光代表的旧党之间的争斗。为了推行变法，王安石在学术上推行新学，对儒家经典进行了自己的阐释，并要求科举考试以自己对儒家经典的阐释为内容。苏轼在多篇文章中都批评了王安石想让天下人都跟自己相同的做法。苏轼显然不希望自己的后辈也如此。因此，他谆谆教导后辈，在跟随潮流的时候，要有自己的坚持。

在本篇中，苏轼明确指出，后辈读书应多读史书。史书读熟了，才会对历史的走向有一个清晰的认知，对历史典故也了如指掌。这样创作文章时，就不会仅仅注意文章的文采，而是做到内容与文辞相匹配，这样的文章才是好文章。

究竟应该读哪些书呢？苏轼给后辈列出了一个简单的书单：《汉书》《后汉书》以及韩愈、柳宗元的文章。《汉书》《后汉书》是苏轼前面所说的史书，韩愈、柳宗元的文章则是散文创作的典范，这样的书目，既让后辈学习了历史知识与典故，又为后辈指明了创作借鉴和学习的方向。这样的书目，即使到了今天，也是十分恰当的。

文与可画篑筜谷偃竹记^①（节选）

故画竹必先得成竹于胸中，执笔熟视，乃见其所欲画者。急起从之，振笔直遂，以追其所见，如兔起鹘落^②，少纵则逝矣^③。与可之教予如此。予不能然也，而心识其所以然。夫既心识其所以然而不能然者，内外不一，心手不相应，不学之过也。故凡有见于中而操之不熟者，平居自视了然，而临事忽焉丧之^④，岂独竹乎！

注释

① 文与可：文同（1018—1079），字与可，号笑笑居士，人称石室先生，永泰（今属四川绵阳）人。宋仁宗皇祐元年（1049）进士，历官太常博士、集贤校理等。文同宋代著名的诗人和画家，与苏轼是从表兄弟。篑筜（yúndāng）谷：宋代的一个地名，因产竹而得名。篑筜：一种皮薄、节长而竿高的竹子。偃竹：竹子的一种形状，起伏、不平直的竹子。

② 兔起鹘落：兔子刚跳起来，鹘就飞扑下去。形容动作敏捷，这里是比喻绘画迅捷流畅。鹘（hú）：猎鹰的一种。

③ 少纵则逝：稍纵即逝，稍微一放松就消失了，形容时机一放松就很容易错失。少：通"稍"。

④ 而临事忽焉丧之：可事到临头忽然又忘记了。

译文

所以画竹的时候必定先在心里有完整的竹子形象，提起笔仔细端详，就看到了他想画的竹子。急忙跟住它，提笔一气画成，追上他所见到的形象，如猎鹰抓兔，稍纵即逝。与可教我画竹的奥妙就是如此。我做不到这样，但心里明白应该这样做。心里已经明白应该这样做却无法这样去做，是因为内外不一致，心与手无法呼应，没有学习、练习的缘故。所以凡是在心中有了构思但无法熟练操作的，平常自己认为很清楚，可事到临头忽然又忘记了，这种情况难道只是画竹会有吗？

品读

宋神宗元丰二年（1079），文同去世，苏轼身为他的从表弟兼好友写了这篇文章来怀念他。作者是在文同去世之后看到他画的《筼筜谷偃竹图》，触物伤情，"废卷而哭失声"，并因此写了这篇文章。在这篇文章中，苏轼没有像正式的追忆类文章一样回忆他与文同的太多往事，而将文同画竹的过程及其高超技艺描述得生动活泼，并提出了绘画的技巧与创作理论。苏轼的这篇文章十分有名，传唱久远。成语"胸有成竹""兔起鹘落""稍纵即逝"等，就出自这篇文章。

本文与一般的回忆性文章不同，只在后半部分回忆了他与文同有关画竹的交往过程，在文章的开篇部分则主要是描绘文同的画竹过程，并由此引申出艺术创作理论。

接着，苏轼描述了文同画竹的过程。文同告诉苏轼，画竹要先成竹在胸，心中已经有完整的竹子形象，这样拿起画笔，就知道要画的竹子是什么样。这就好像已经有一个竹子影子在纸上，只需要执笔在纸上将这些竹子的脉络一一显现出来即可，由于这一形象就像影子一样会迅速消失，所以必须一气呵成，就好像老鹰抓兔，稍纵即逝。这种描述绘画的过程，跟苏轼对吴道子画画过程的描述一样，"如以灯取影，逆来顺往，旁见侧出，横斜平直，各相乘除，得自然之数，不差毫末"。显然，不管是吴道子还是文同，都是自然景物在心中先有一个完整的形象，就好像用灯照影子一样，只要影子出来了，就有了一个模板，可以照着样板描摹，无论是笔画还是线条，都可以不差毫厘。

在苏轼那里，诗画是相通的，他对绘画创作过程的揭示，同样适用于文学创作。与绘画一样，在文学创作过程中，也必须要成竹在胸，心中有一个完整的形象，这样才能在创作过程中将这个形象通过语言呈现在文本中。也只有这样，文学作品中的形象才会鲜活生动。不仅写景绘物如此，就是议论文，也要在心中先有一个完整的构思，甚至写任何一种类型的文章，都需要先有构思，才能运笔如风，一气呵成。

显然，这里还有一个十分关键的问题，从胸有成竹到作品中的成功形象，中间还有一个过程，那就是语言的运用、艺术技巧的使用，只有高明的作家、艺术家才能炉火纯青地将心中所思变成优秀作品。如果不是高明的作者，就会出现苏轼所说的"心识其所以然而不能然者，内外不一，心手不相应"这样的情况。心中所思，觉得应该是什么样的形象是一回事，但真正要将这些变成优秀的作品，就需要达到心手相应的境界。要做到心手相应，就需要高超的技巧，也就是苏轼在多篇文章中所提出的"辞达"。

当然，苏轼在本文中并没有提到技巧问题，而是提到了学习。在苏轼看来，不能将心中之竹变成纸上之竹，是因为平时没有学习。显然，这里的学习并不仅仅指《记欧阳公论文》中的读书，还包括多种方面。首先，需要对自然的观察和生活的积累，这都是一种学习。只有熟悉自然景物和日常生活，才能在心中形成完整的形象，这也就是胸有成竹。其次，语言、技巧的运用，也都需要学习，这也是苏轼以及后来江西诗派的典型观点。只有熟谙这些技巧，才能做到将心中之竹完美地呈现在文本中，变成纸上之竹。因此，苏轼才会说："故凡有见于中而操之不熟者，平居自视了然，而临事忽焉丧之，岂独竹乎！"心中以为如此，平时一直认为自己已经把握了，但到了创作的过程中，偏偏无法完美呈现出来，这就是因为平时不学习。不仅画竹如此，画别的也一样；不仅绘画如此，其他艺术创作、文学创作都是如此。这就上升到了普遍规律的高度。